WSZYSTKIE DROGI PROWADZĄ DO HRABIEGO

ZALOTNE KOMPLIKACJE
NOWELA TRZY

EBONY OATEN

Ebony's Formatting Collective

PO Box 2160

Rangeview, Victoria

3132 Australia

ROZDZIAŁ I

Bangor, Północna Walia

WRZESIEŃ 1817

KOMISJA ograniczyła swoje dochodzenie do stanu drogi z Londynu do Holyhead i uczyniła je przedmiotem osobnego Raportu z uwagi na późny okres Sesji oraz pilną konieczność podjęcia natychmiastowych starań w celu naprawy i ulepszenia jej odcinka biegnącego przez Północną Walię.

Cały ten odcinek drogi jest w najgorszym możliwym stanie; jest wyjątkowo wąski (miejscami ledwie na tyle szeroki, by mogły się na nim minąć dwie karoce) i „wiedzie niepotrzebnie przez liczne wzgórza, których podjazdy i zjazdy często mają nachylenie jedna stopa wysokości na czternaście stóp długości, jeden do dziesięciu, jeden do ośmiu, a nawet jeden do siedmiu".

Ponadto wiele jego fragmentów jest bardzo niebezpiecznych dla podróżnych, gdyż tam, gdzie droga jest najwęższa, najbardziej stroma i obfituje w ostre zakręty, przebiega wzdłuż przepaści wysokich na wiele *setek stóp, a jedynym zabezpieczeniem dla powozów są niewielkie murki z luźnych kamieni lub bardzo niskie i wąskie nasypy ziemne.*

Według kosztorysu pana Fultona, któremu Lordowie Komisarze Skarbu Jego Królewskiej Mości zlecili niedawno inspekcję tej drogi, wynika, że suma niezbędna do doprowadzenia jej do stanu używalności (bez wprowadzania jakichkolwiek ulepszeń poprzez odchylenia od obecnego przebiegu lub niwelowanie któregokolwiek ze wzgórz) wynosi 46 540 funtów 18 szylingów i 7 pensów; okoliczność ta najdosadniej wyjaśnia, jak wyjątkowo zły musi być obecny stan tej drogi.

Hannah Jones, dama do towarzystwa markizy Caernarfonshire, omal nie zemdlała na wieść o horrendalnej sumie, którą jej pracodawczyni właśnie odczytała na głos w pokoju śniadaniowym w Rosstrevor House.

Część o czterdziestu sześciu tysiącach funtów ledwie dotarła do jej świadomości, gdy od reszty kwoty zakręciło jej się w głowie. Sięgnęła po filiżankę herbaty i upiła łyk, mając nadzieję, że pomoże jej to wszystko pojąć.

Herbata była wyśmienita, ale nie pomogła.

Siedząca przy stole Amelia Rosstrevor, markiza Caernarfonshire (i szanowna pracodawczyni Hannah), odłożyła na stół raport, który właśnie czytała. Potem ona również sięgnęła po filiżankę herbaty.

Wielu ludzi spotkało nieszczęście na tej okropnej drodze. Była w fatalnym stanie i naprawdę wymagała naprawy. Ale ta cena? Czyżby miała zrujnować rząd?

Markiza zwróciła się do męża, siedzącego po przeciwnej stronie stołu, i powtórzyła szczegóły: „Czterdzieści sześć tysięcy pięćset czterdzieści funtów, osiemnaście szylingów i siedem pensów”.

Słysząc tę kwotę, markiz Caernarfonshire zagwizdał cicho. Po chwili jego usta wykrzywił szelmowski uśmiech. „Ciekaw jestem, skąd wezmą osiemnaście szylingów i siedem pensów?"

Amelia z rozbawieniem pokręciła głową, po czym sięgnęła po tosta.

Hannah uwielbiała swoją pracodawczynię i jej męża, którzy czule się do siebie odnosili i troszczyli o służbę. Biorąc pod uwagę jej niskie pochodzenie, Hannah wyjątkowo dobrze sobie w życiu poradziła, zostając damą do towarzystwa.

Spędzała czas na prowadzeniu miłych rozmów i szyciu, gdy jej pani potrzebowała towarzystwa. Gdy jej obecność nie była wymagana (jej pani była tak zakochana w mężu, że nie potrzebowała zbyt wiele towarzystwa), Hannah miała swobodę odwiedzania państwa Alwynów i ich fascynującej pary springboków, które mieszkały na terenie posiadłości. Rzadkie zwierzęta państwa Alwynów i ich czworonożne maleństwa przyciągały stały strumień gości z bliska i z daleka.

Teraz, gdy drogi miały zostać naprawione, a także miał powstać most nad cieśniną Menai, region wkrótce zaroi się od ludzi.

Mimo wszystko wiodła idylliczne życie. Otoczenie ludźmi głęboko w sobie zakochanymi – nawet zwierzęta urodziły kolejne cielę, czy źrebię, czy jakkolwiek się ono zwało – sprawiało, że jej staropanieństwo było jeszcze boleśniejsze.

Hannah nie mogła pozbyć się ukłucia zazdrości, że w wieku dwudziestu czterech lat mogła stracić szansę na coś podobnego.

„Gdy droga będzie w lepszym stanie, ośmielę się rzec, że będziemy mieli jeszcze więcej gości" – oświadczyła markiza.

Zwróciła się do teściowej, która również siedziała przy stole śniadaniowym, bawiąc się z małym Rhodrim, dziedzicem markizatu. „Lady Mary, domyślam się, że ta wiadomość panią ekscytuje?"

Lady Mary, markiza wdowa, była zbyt zajęta gruchaniem do wnuka, by zwrócić na nich uwagę.

Kolejne ukłucie ścisnęło serce Hannah. Surowo sobie przypomniała, że w życiu mogło jej się powieść znacznie gorzej i że nie powinna uważać swojej obecnej sytuacji za coś oczywistego.

A jednak tęsknota nie ustępowała, zwłaszcza gdy przebywała w tym samym pokoju co mały Rhodri. Był aniołkiem, pełnym uśmiechów i chichotów.

Markiza wdowa zanurzyła następnie cienką kromkę grzanki w płynnym żółtku jajka na miękko i podsunęła ją pulchnemu dziecku do spróbowania. Jego oczy zrobiły się okrągłe, gdy język musnął jaskrawożółte żółtko. Większość wylądowała na podbródku Rhodriego, ale odrobina trafiła tam, gdzie powinna.

Lady Rosstrevor zapytała męża: „Myślisz, że wkrótce rozpoczną prace przy drodze?"

„Będą musieli" – odparł. „Jak inaczej wszyscy mają dotrzeć z Dublina do Londynu w jednym kawałku?"

Lady Mary nie przestawała gaworzyć i włączała do rozmowy młodego dziedzica. „Zbudują też wielki most przez całą cieśninę Menai! Będziemy go widzieć z ogrodu!"

Markiz zaśmiał się. „Nie sądzę, żeby był aż tak duży, mamo. Chociaż jestem ciekaw, co wymyśli Telford".

„Bez wątpienia będzie wspaniały, skoro prowadząca do niego droga kosztuje czterdzieści sześć tysięcy funtów" – odparła. Potem jej głos podniósł się o oktawę i powtórzyła kwotę małemu Rhodriemu. „Wiedziałeś, że istnieją tak wysokie liczby? Oczywiście, że wiedziałeś, bo jesteś taki mądry! Jeszcze jajeczka?"

Wszedł jeden z lokajów z tacą listów na salwerze. Położył tacę na stole obok pana domu.

Gdy służący wyszedł z pokoju, David przesunął tacę z listami w stronę Amelii, a ta je przejrzała. Wkrótce miała dwa listy dla siebie i męża oraz sześć dla markizy wdowy.

„Pani przedsięwzięcie całkiem nieźle się rozwija, lady Mary" – zauważyła Amelia.

Hannah całym sercem popierała to przedsięwzięcie, jak je nazywano. Od czasu do czasu mężczyzn było znacznie więcej niż kobiet, a ona i część personelu mogły dołączyć, by „zrównoważyć liczbę gości przy stole".

„To był twój pomysł" – powiedziała lady Mary. „Byłabym więcej niż szczęśliwa, mogąc liczyć na twoją pomoc, gdybyś tylko miała ochotę ponownie się włączyć" – dodała z wymownym spojrzeniem.

„Raczej cieszę się z wolnego czasu" – wyznała Amelia.

„I słusznie" – rzekła Mary, wstając z małym Rhodrim i oddając niemowlę w ramiona ojca. „Skoro teraz jestem tak zajęta" – powiedziała, biorąc stos korespondencji – „to proszę sobie wyobrazić, jak będzie wyglądało życie, gdy roboty drogowe naprawdę się zaczną!"

Wcale nie narzekała. Hannah widziała po uśmiechu na jej twarzy i błysku w oczach, że już planowała najwspanialsze swaty, jakie kiedykolwiek miały miejsce w tej cichej, małej części północnej Walii.

Kto wie? Może Hannah sama pewnego dnia zostanie wyswatana z troskliwym rzemieślnikiem lub nawet inżynierem!

ROZDZIAŁ 2

LISTOPAD 1817

Tęsknota za domem wysysała siły z Patricka Belconnena, hrabiego Tullamore, podczas gdy jego woźnica pokonywał szokująco złe drogi północnej Walii.

Z każdą milą, gdy stan drogi się pogarszał, każdy bolesny wstrząs stawał się coraz dotkliwszy. Sama okolica była piękna, co stanowiło bezpośredni kontrast z jakością dróg. W pewnym momencie teren opadał stromo w dół. Hrabia zaciągnął zasłony i mocno przechylił się w drugą stronę, modląc się jeszcze gorliwiej, by udało im się żywym pokonać zakręt.

Każdej dziurze po jednej stronie powozu towarzyszyło wyboiste wzniesienie po drugiej. Gdy tylko jazda nabierała jakiegoś rytmu, natychmiast przerywała go seria kolein i gwałtownych szarpnięć. Byłby cud, gdyby nie dotarł do Bangor poskręcany jak mokry, splątany sznurek.

Bangor było jego następnym celem, ale potem czekała go

i woźnicę niebezpieczna przeprawa łodzią przez cieśninę Menai i cały dzień podróży, zanim dotarłby do Holyhead po drugiej stronie wyspy Anglesey. Tam mieli wsiąść na parowiec z Holyhead do Dublina. Z Dublina wyśle list do rodziny – powóz zakołysał się, gdy lewe koło wpadło w koleinę – i jeśli szczęście się do niego uśmiechnie, następnego dnia będzie w domu.

Trzask.

To nie brzmiało bezpiecznie.

John Woźnica zwolnił konie. Przy tym tempie będą mieli szczęście, jeśli w ogóle dotrą do Bangor. Dni były tak krótkie, a słońce już stało nisko; musiała być prawie czwarta po południu.

Powóz zatrzymał się, a potem drewniana konstrukcja złowieszczo zatrzeszczała, gdy woźnica zszedł na dół. Patrick zaczął się na poważnie modlić o swoje bezpieczeństwo. Zaskrzypiało jeszcze kilka razy i mógłby przysiąc, że woźnica odprzęga konie. Po chwili rozległo się pukanie do drzwi, więc je otworzył.

Woźnica stał z wyciągniętą do niego ręką, a jego twarz była blada jak mleko. „Proszę natychmiast chwycić moją dłoń, jaśnie panie. Powóz zaraz się rozpadnie".

Uwierzywszy mu na słowo, Patrick chwycił jego dłoń, gdy świszczący dźwięk wypełnił mu uszy.

Powóz przechylił się i zakołysał do tyłu, akurat gdy wysiadał. Nagle pod stopą nie było już stopnia. Woźnica złapał go wpół i postawił na ziemi.

Patrick odwrócił się w samą porę, by zobaczyć, jak powóz przewraca się na bok, gdy pęka oś, a jedno z kół rozpada się na kawałki.

Szok odebrał mu dech w piersiach i sprawił, że poczuł nagły skurcz w jelitach.

„Jestem pańskim dłużnikiem, dobry człowieku" – powiedział w końcu Patrick, gdy po chwili grozy odzyskał zmysły.

Konie, jak się domyślił, nie były już przyprzęgnięte do powozu, więc nic im się nie stało. Znowu dzięki szybkiemu refleksowi jego woźnicy. Powozy można wymienić, konie były o wiele cenniejsze.

„Tam dalej jest gospoda. Mam nadzieję, że to oznacza, iż dotarliśmy do Bangor" – powiedział Patrick.

Nie mając innego wyjścia, jak zostawić powóz tam, gdzie się rozbił, wzięli po jednym koniu i ruszyli pieszo do małego miasteczka. Znaleźli zajazd i oddali konie stajennemu. Szyld nad drzwiami głosił „Llandygai", ale czy była to nazwa miasteczka, czy samego przybytku?

Odnaleźli oberżystę, opowiedzieli o swojej gehennie i dowiedzieli się, że do Bangor zostały im tylko dwie mile drogi.

Oberżysta był załamany, że nie ma prywatnych pokoi „dla człowieka tak wysokiego rodu", ale zaraz dodał: „Rosstrevorowie są w Wielkim Domu w Bangor. Z pewnością chętnie udzielą pomocy. Dam panu świeżego konia".

Wyczerpany, lecz odczuwający ulgę, Patrick dotarł do wspaniałej wiejskiej posiadłości, dobrze oświetlonej pochodniami wzdłuż podjazdu, które prowadziły go do głównych drzwi pod portykiem. Markiz był na miejscu i szybko zrozumiał jego trudne położenie. Kilkoma słowami polecił służbie przygotować dla niego pokój i napełnić wannę.

„Właśnie czytałem onegdaj, jak zła jest ta droga" – powiedział markiz, prowadząc Patricka do saloniku z wesoło trzaskającym ogniem w kominku i wygodnymi fotelami.

Jakże niebiańsko!

Przybył lokaj z ofertą whisky, którą Patrick chętnie przyjął. „Mogę panu powiedzieć z własnego doświadczenia" – rzekł Patrick – „że ta droga jest w szokującym stanie. Gdyby nie szybka reakcja mojego woźnicy, straciłbym dziś życie".

Obolałe kości Patricka rozpłynęły się w wygodnym fotelu. Jeśli nie będzie ostrożny, zaśnie w tym właśnie miejscu.

„Zgadzam się" – odparł jego gospodarz. „Prace wkrótce się rozpoczną, nie mam co do tego wątpliwości".

Markiza wdowa weszła, by „poinformować jaśnie pana, że jego kąpiel jest gotowa".

Szybko, pomyślał Patrick, a zaraz potem naszła go kolejna myśl: dlaczego nie informuje go o tym lokaj? Odpowiedź stała się oczywista, gdy markiza wdowa zadała mu strasznie impertynenckie pytanie, umiejętnie skryte pod płaszczykiem uprzejmości. „Czy hrabina Tullamore wkrótce do nas dołączy? Przygotuję dla niej pokoje".

Na dźwięk pytania skinął głową, a potem przechylił ją z lekką podejrzliwością. „Jestem kawalerem, moja droga pani. Jak dotąd nie ma hrabiny, co tak martwi moją matkę".

„W takim razie musi pan dołączyć do nas dziś wieczorem na przyjęciu".

„Nie musi pani wydawać przyjęcia z mojego powodu" – powiedział. Czekała na niego gorąca kąpiel; nie mógł się doczekać długiego zanurzenia w wannie, a potem spokojnego snu.

Dotarli do podnóża schodów. Markiza wdowa uparła się, by zaprowadzić go do jego pokoi, zamiast przekazać służbie. Cóż, skoro tak się postępuje w Północnej Walii, nie zamierzał się sprzeciwiać. „Kolacja będzie o siódmej, więc ma pan mnóstwo czasu. To raczej wieczerza, nic formalnego".

„Moja pani, proszę się nie kłopotać, naprawdę. Z największą przyjemnością zjadłbym lekki posiłek w swoich pokojach".

„Mówimy o dwóch różnych sprawach" – odparła markiza wdowa z łagodnym uśmiechem – „chociaż jest pan jak najbardziej mile widziany. To nie jest kolacja na pańską cześć, aczkolwiek z przyjemnością zorganizowałabym takie wydarzenie, gdyby miał pan zamiar zostać na tydzień. To jedna z naszych regularnych rozrywek, którą urządzamy co dwa tygodnie. Z uwagi na tak wiele nowych osób w okolicy, w związku z planowaniem drogi i mostu, obecność dam i dżentelmenów jest miłą rozrywką".

To wyjaśniało, dlaczego podjazd do Rosstrevor Hall był tak dobrze oświetlony, gdy przybył! „Och! Dzięki Bogu" – powiedział, gdy dotarli na podest, a ona poprowadziła go w kierunku apartamentu. „Widzi pani, naprawdę nie przepadam za oficjalnymi przyjęciami".

Markiza wdowa przechyliła głowę w zamyśleniu. Potem uśmiechnęła się z odrobiną złośliwości. „Być może dlatego nie ma hrabiny, a pańska matka tak się martwi?".

„Touché!"

Zaczynał cieszyć się towarzystwem tej żartobliwej kobiety. Ona i jego matka świetnie by się dogadywały.

„Oto pańskie pokoje. Proszę pociągnąć za sznur, gdy będzie pan gotów, a lokaj zaprowadzi pana na kolację".

Naprawdę chciała, żeby zasiadł przy stole, zamiast jeść w swoich pokojach. No cóż, *kiedy jest się w Walii…*

Hannah Jones miała „wolne" przez większą część dnia, jako że markiz i jego urocza żona udali się do swoich komnat zaledwie godzinę temu i nie życzyli sobie, by im przeszkadzano. Nie mając czym zająć czasu, pomagała pokojówkom wkładać świece z wosku pszczelego do wypolerowanych srebrnych lichtarzy.

Markiza wdowa podeszła z aprobatywnym uśmiechem i błyskiem w oku. „Tu jesteś" – powiedziała z szelmowskim uśmiechem. „Rozumiem, że moja synowa cię nie potrzebuje?".

Hannah mocno się zarumieniła, potwierdzając tym samym, że markiza spędzała prywatne chwile z mężem. Dygnęła i zapytała z nutą nadziei w głosie: „Czy znowu brakuje nam parytetu przy kolacji?".

Markiza wdowa lubiła organizować regularne spotkania dla nowo przybyłych do regionu. Wielu mężczyzn było kawalerami, a lady Mary potraktowała to jako okazję.

„Czytasz mi w myślach" – powiedziała dama, podając jej mały słoiczek z balsamem. „To usunie zapach pasty do srebra z twoich dłoni".

„Dziękuję, proszę pani". Hannah wzięła słoiczek i wciągnęła cytrynowy zapach.

Poczuła narastającą ekscytację i poszła za lady Mary do jej garderoby. Znajdowały się one w przeciwnym skrzydle domu niż komnaty jej syna. Wybór sukien markizy wdowy był odłożony na takie okazje. Gdy Hannah dotarła do garderoby lady Mary, zastała tam już dwie inne pokojówki, Sarah i Anne, pomagające sobie nawzajem wdziewać pożyczone stroje.

„Potrzebne jesteśmy dziś trzy?" – zapytała Sarah, gdy Hannah i lady Mary weszły do środka.

„Tak, mamy niespodziewanego gościa, który zostaje na noc, i zaprosiłam go, aby do nas dołączył. Może jednak zdecydować się na posiłek w swoich pokojach". Mruknęła coś pod nosem o tym, że jest kawalerem, grzebiąc w swoich sukniach i wybierając szmaragdowy komplet. „To będzie pięknie pasować do twoich oczu, droga Hannah".

Suknia była uszyta z warstw bogatego materiału, wspaniale zebranego wokół ramion w dopasowane bufki. Fason był ciaśniejszy tuż pod biustem i opadał wielkimi falami płynących odcieni zieleni aż do podłogi.

„A teraz, moje drogie, przejdźmy do zasad" – zaproponowała lady Mary.

„Uśmiechać się" – powiedziała Anne – „i być miłą".

Lady Mary skinęła głową.

Sarah dodała: „Mówić jak najmniej".

Kolejne skinienie głową lady Mary.

Hannah przypomniała sobie trzecią zasadę: „Być uprzejmą. Oni są tu po to, by obcować z odpowiednimi na żonę damami, nie ze służbą".

„Zgadza się" – powiedziała lady Mary. „A jeśli temat, o którym nie rozmawiamy, i tak się pojawi?".

Wszystkie trzy odparły chórem: „Powiedzieć im prawdę: że nie mamy posagu. Kiedy damy udadzą się na spoczynek, możemy wrócić do swoich pokoi".

Lady Mary klasnęła w dłonie. „Wyśmienicie!"

Hannah promieniała z dumy, że tak dobrze nauczyła się tego konkretnego zestawu instrukcji. „Słyszałam pogłoski, że mamy dziś pod dachem *prawdziwego hrabiego*".

Brązowe oczy Anne zrobiły się okrągłe ze zdziwienia. „Hrabiego?"

„Tak" – potwierdziła Hannah.

W mgnieniu oka Anne chwyciła jedwabny szal i wepchnęła go między koszulę a gorset, by unieść wyżej piersi.

„Naprawdę mnie rozbawiasz" – powiedziała Hannah, poprawiając bufki na ramionach.

„No co?” Oczy Anne były wytrzeszczone. „Czy to prawda, lady Mary?”

Dama w końcu skinęła głową.

Hannah z trudem powstrzymała się od omdlenia.

Lady Mary dodała: „On sam może nie mieć wielkiej fortuny. Przybył sam, konno. Jego powóz został uszkodzony na drodze”.

Hannah mówiła szybko: „Jeśli nie ma powozu, naprawa może potrwać tak długo, że może utknąć tu na kilka nocy!”.

Sarah i Anne pisnęły z podniecenia, a potem Anne sięgnęła po drugi szal i zaczęła go wpychać do gorsetu.

„No, no” – powiedziała lady Mary, pocierając skroń, jakby chciała odgonić potencjalny ból. „Proszę, dziewczęta, o jak najlepsze zachowanie”.

Sarah zawiązała sznurowadła na plecach Hannah, a potem poklepała ją po ramieniu. „Gotowe. Upięłabyś mi włosy? Jesteś w tym taka dobra”.

„Oczywiście!”

Trzy dziewczyny podzieliły się cytrynowym balsamem do rąk i jeszcze przez chwilę stroiły się i poprawiały wygląd. Potem lady Mary cmoknęła językiem i skierowała je do bawialni, gdzie usiadły cicho, czekając na przybycie wieczornych gości.

Instrukcje markizy wdowy rozbrzmiewały w głowie Hannah:

Uśmiechaj się, bądź miła, mów jak najmniej. Jesteś tu po to, by zrównoważyć liczbę płci przy stole. Panowie są tu, by obcować z odpowiednimi na żonę damami, nie ze służbą. Jeśli popełnią błąd i wdadzą się z tobą w rozmowę, bądź uprzejma. Jeśli pojawi się temat, powiedz im prawdę, że nie masz posagu. Później, gdy damy udadzą się na spoczynek, możesz wrócić do swoich pokoi.

To miała być czwarta kolacja Hannah. Na każdej

z trzech poprzednich była wyjątkowo miła i uśmiechała się do panów i innych dam. Żaden z dżentelmenów nie nawiązał z nią żadnej ważniejszej rozmowy. Damy na wydaniu, które przybyły na kolację, mniej więcej ją ignorowały. Hannah w ogóle nie poczuła się urażona, ponieważ jej rola podczas tych wieczorów polegała na byciu mniej więcej niewidzialną.

Wierzyła, że dziś wieczorem nie będzie inaczej.

A przynajmniej nie powinno być inaczej, dopóki do pokoju nie wszedł najprzystojniejszy mężczyzna, jakiego kiedykolwiek widziała, i nie skradł jej tchu z płuc!

ROZDZIAŁ 3

Hrabia nigdy nie gapił się na damę z otwartymi ustami. Hrabia z całą pewnością *nigdy* się też nie ślinił, a jednak Patrick Belconnen musiał surowo przypomnieć sobie, że jest hrabią Tullamore, że powinien natychmiast zamknąć usta i poskromić głód, który na widok tej zachwycającej kobiety zawrzał mu w żyłach.

Musiał za mocno uderzyć się w głowę, gdy powóz tyle razy podskakiwał na tej piekielnej drodze. Jak inaczej wyjaśnić tę przerażającą gafę?

Musiał szybko naprawić sytuację, zanim ta urocza dama wyrobi sobie o nim złą opinię. Nogi same poniosły go w jej kierunku, zanim umysł w pełni zaskoczył, a on próbował wymyślić coś pochlebnego i rozbrajającego, nim kompletnie się skompromituje.

„Moja droga panno Jones, jakże miło mi panią tu widzieć", zagaił.

Oczywiście wiedział, że tak się nie nazywa – chyba że jakimś cudem jednak tak było – ale mogli spędzić następnych kilka minut, śmiejąc się z tego, jak pomylił ją z kimś innym.

Była to technika, którą widywał u innych dżentelmenów, i tego wieczoru postanowił sprawdzić jej skuteczność. (Chociaż nie wydawało mu się możliwe, by istniał ktoś jeszcze o jej szczególnych rysach. Jej kasztanowe włosy, starannie upięte na czubku głowy z kilkoma loczkami pieszczącymi smukłą szyję, jej cera, która lśniła zdrowiem i zdradzała pochodzenie z cieplejszych stron, jej oczy koloru perydotu…).

Powinna była sprostować jego błędne mniemanie. Zamiast tego wpatrywała się w niego niemo, z pulchnymi ustami lekko rozchylonymi i oczami okrągłymi jak pensy. Mniej więcej teraz powinna odpowiedzieć. Czekał jeszcze przez kilka pełnych napięcia oddechów na jej sprostowanie, które z pewnością musiało nadejść.

Lada chwila…

O, rety.

Sytuacja stawała się niezręczna, gdy patrzyli na siebie w niemej panice.

„Eee…", wymamrotał coś niezrozumiałego do siebie i odchrząknął.

Lady Mary Rosstrevor pojawiła się u jego boku i powiedziała: „Lordzie Belconnen, oto panna Jones. Panno Jones, hrabia Tullamore".

Rzeczywistość uderzyła go w głowę mocniej niż deska. Naprawdę nazywała się Jones. Nic dziwnego, że wydawała się tak poruszona jego niezdarnym przedstawieniem. Co za skończony gamoń z niego, że wybrał tak pospolite nazwisko.

Szczególnie jak na Walię!

Dygnęła szybko i rzekła z zachwycającym walijskim akcentem: „Miło mi pana poznać, milordzie".

Naprawdę musiał uderzyć się w głowę.

„Cała przyjemność po mojej stronie", odpowiedział,

i mówił to szczerze. „Muszę wyjaśnić – nie, przeprosić – za moje zuchwalstwo przy naszym poznaniu".

„Nie ma potrzeby", odparła i obdarzyła go nieśmiałym uśmiechem.

Wyglądała, jakby miała coś powiedzieć, ale potem chyba zmieniła zdanie. Patrick nie był jeszcze gotów odejść. Chciał podtrzymać rozmowę, dowiedzieć się o niej wszystkiego, co tylko możliwe.

„Z której części Walii pani pochodzi?". To powinno być wystarczająco niewinne.

„Och, z tutejszych okolic", odparła. „Caernarfonshire to mój dom".

Patrick miał nadzieję, że uśmiech zachęci ją do rozmowy, ale z jakiegoś powodu to nie działało. Często, gdy prosił kogoś, by opowiedział o sobie, trudno było mu przerwać.

Wtedy go olśniło: może była nieśmiała? Słyszał, że niektórzy ludzie bywają nieśmiali, chociaż jemu samemu ta przypadłość nigdy nie dokuczała.

W takim razie z radością będzie mówił za nich oboje. „Pewnie domyśliła się pani po moim akcencie, że nie pochodzę z tych stron", powiedział, dodając coś, co miało być zachęcającym uśmiechem.

Kiwnęła głową i lekko ją spuściła. Kiedy spojrzała na niego spod rzęs, jego serce załomotało w piersiach.

Gdyby mógł zlecić malarzowi uchwycenie jej wyrazu twarzy, powiesiłby ten portret na ścianie w swojej sypialni.

Rozsądne rady, które wbijała jej do głowy lady Mary, rozpłynęły się jak letnia mgła, gdy Hannah znalazła się pod spojrzeniem hrabiego. Prawdziwego hrabiego! Tutaj, w Rosstrevor Hall. Rozmawiał z nią, zadawał jej pytania, a ona z trudem powstrzymywała się, by nie rzucić mu się w ramiona, które bez wątpienia byłyby ciepłe, silne i byłyby wszystkim, czego potrzebowała od pary ramion.

Ale nie wolno jej było mówić o sobie, bo to by nie przystało.

Zdecydowanie nie był Walijczykiem i wcale nie brzmiał jak Anglik, więc uznała, że najprawdopodobniej jest Irlandczykiem i zmierza do Dublina, skoro jechał tą fatalną drogą.

Droga! Tak, mogła z nim porozmawiać o drodze. „Słyszałam, że miał pan trudną podróż?".

„Owszem, miałem", rzekł, kiwając głową, przez co kosmyk czarnych włosów opadł mu na lewe oko.

Jej dłoń drgnęła nieznacznie i musiała przycisnąć ją do uda, by powstrzymać się przed odgarnięciem ciemnego loka na miejsce.

Poprawił go natychmiast, choć w następnej chwili kosmyk znów opadł, zasłaniając jej widok na jego cudownie ciemnobrązowe oczy.

„To było zagrożenie dla życia i zdrowia", zdawał się rozwijać temat. „Modliłem się żarliwie o ocalenie. Gdyby nie szybka reakcja mojego woźnicy, zginąłbym w wąwozie, by już nigdy mnie nie odnaleziono".

Zszokowana, przytknęła dłoń do ust, po czym zapytała: „Mam nadzieję, że pańskim koniom nic się nie stało?".

„Nic im nie jest, również dzięki Johnowi Woźnicy. I dziękuję za pani troskę o dobrostan zwierząt".

Kolejna niezręczna cisza sprawiła, że Hannah poczuła skurcz w żołądku. „Czy on jest tu z panem, ten woźnica?". Zasłużył na uznanie za swoje dzielne czyny.

To wywołało na jego twarzy szybki grymas – czyżby irytacji? – jakby hrabia nie był zainteresowany rozmową o kimkolwiek innym. „Zatrzymał się w zajeździe pocztowym w następnym miasteczku i dołączy do mnie, gdy tylko zdobędzie nowy transport".

Hannah miała nadzieję, że potrwa to kilka dni, co oznaczałoby, że hrabia będzie musiał po prostu zostać u państwa Rosstrevor na ten czas.

Lady Mary ogłosiła, że podano obiad. Następnie, jako najwyższa rangą kobieta, przyjęła ramię hrabiego. (Markiz i markiza w ogóle się nie pojawili).

Razem hrabia i lady Mary weszli pierwsi do jadalni, a za nimi kilku innych gości, którzy szybko ustalili swoje rangi. Na Hannah zrobiło wrażenie, jak ludzie, którzy ledwo się znali, potrafili szybko określić porządek pierwszeństwa dla inżynierów, oficerów w stanie spoczynku i urzędników państwowych. Hannah czekała, aż prawie wszyscy wejdą do środka. Weszła przed Sarah i Anne. Cicho i bez zamieszania zajęły przydzielone im miejsca pomiędzy różnymi dżentelmenami z komitetu drogowego, którzy byli częścią zespołu prowadzącego niezbędne badania terenu.

Jakakolwiek szansa na kontynuację rozmowy z hrabią przepadła, ponieważ dzieliło ich zbyt wiele osób. Nie powstrzymało jej to jednak przed zerknięciem od czasu do czasu w jego stronę. On z kolei także spoglądał w jej kierunku, a wtedy ona szybko spuszczała głowę.

Przez cały wieczór dżentelmeni po obu jej stronach mówili o swojej pracy w jakimś dziwnym kodzie: o „niekorzystnym nachyleniu" zakrętów i „spadkach cztery do jednego" czy coś w tym rodzaju. Przynajmniej dla nich miało to sens.

Teraz, jak na zawołanie, rady lady Mary wróciły do niej z całą wyrazistością. Przypomniała sobie, że nie musi w ogóle się odzywać, jeśli nie chce, ponieważ nie była tam po to, by wpaść któremukolwiek z nich w oko. Ona i dwie służące były tam, by dopełnić liczbę gości i dać szansę na rozmowę innym młodym damom z okolicy, o ile były w stanie nadążyć.

Rzucając okiem na stół, reszta pań starała się jak mogła wyglądać na zainteresowane obiecanymi cudami inżynierii. Stopniowo, gdy głosy mężczyzn stawały się coraz głośniejsze, a rozmowa kręciła się wyłącznie wokół drogi i proponowanego mostu – i tego, że projektuje go Telford – pozostałe panie przy stole zaczęły mrugać powoli. Jedna próbowała ukryć ziewnięcie, biorąc łyżeczkę syllabubu. Kobieta naprzeciwko zauważyła jej wysiłki i ukryła wyraz znudzenia za serwetką.

Na szczęście lady Mary dała znać, że wieczór dobiegł do momentu, w którym panie mogą się wycofać.

Krzesła z szybkością zaskrzypiały po podłodze, gdy dżentelmeni wstali z miejsc.

Anne i Sarah były najbliżej drzwi, więc jako pierwsze opuściły jadalnię. Hannah, siedząc po drugiej stronie stołu, musiała go obejść i nie spieszyć się z wyjściem, choć nogi same rwały się do ucieczki od niezrozumiałych rozmów. Rzuciła szybkie spojrzenie w stronę hrabiego, zanim wyszła, i zarumieniła się, widząc, że patrzy na nią z pełnym aprobaty uśmiechem.

Dziwne, że wciąż się do niej uśmiechał, wiedząc, jak bardzo jest poniżej jego klasy, sądząc po miejscu, które zajmowała przy stole.

Zanim drzwi zdążyły się za nimi zamknąć, usłyszały podniesione głosy dżentelmenów pogrążonych w rozmowie. Ktoś wspomniał o niebotycznej cenie prac. Najwyraźniej czekali, aż kobiety wyjdą, by poruszyć prawdziwie nieodpowiedni temat pieniędzy.

Lady Mary dała znać, że Hannah, Sarah i Anne mogą już udać się na spoczynek.

Dwie służące dygnęły w podzięce i skierowały się do apartamentu lady Mary, aby przebrać się w swoje zwykłe stroje. Hannah została nieco w tyle i powiedziała: „Dziękuję, lady Mary, to był wyśmienity posiłek i jestem zaszczycona, że mogłam poznać hrabiego”.

„Do dzisiejszego wieczoru ja również żadnego nie poznałam”, wyznała lady Mary. „Może dołączysz do reszty pań i opowiesz nam o nim co nieco?”.

Ciepło rozlało się po jej szyi i twarzy. Miała nadzieję, że uda jej się pospiesznie wrócić do swoich komnat i spędzić wieczór, marząc o pełnym przepychu lordzie z pięknymi, falującymi włosami. Z drugiej strony, spędzenie czasu na rozmowie o nim z innymi damami było równie kuszące. Nie chciała jednak wyglądać na zbyt chętną.

„Och, aleź nie mogłabym. Ledwo go znam, w dodatku nie rozmawialiśmy zbyt długo”.

„To i tak więcej, niż udało się niektórym innym paniom”, przyznała markiza wdowa.

Hannah nie trzeba było prosić dwa razy. Lady Mary chciała, by była w pokoju z resztą dam, a ponieważ lady Mary była teściową jej pracodawczyni, trudno było jej odmówić.

W salonie kobiety usiadły na rozmaitych wygodnych fotelach i już popijały herbatę, którą lokaj przywiózł na wózku na kółkach.

„Ja wezmę sherry”, rzuciła Lady Mary do wysokiego chłopca, który skinął głową i wkrótce wrócił z jej ulubionym trunkiem na tacy.

Gdy tylko zostały same, bez służby, wszystkie oczy zwróciły się na Hannah, a jedna z wizytujących dam zapytała: „Opowiedz nam wszystko o hrabim!".

„Tak, proszę!", błagała inna.

„Jest taki przystojny!", trzecia kobieta wachlowała się wachlarzem przy szyi, by się ochłodzić.

Hannah chciała je zadowolić, więc zrelacjonowała ich krótką rozmowę najlepiej, jak potrafiła. „Jego oczy mają najcudowniejszy, głęboki brązowy kolor", zaczęła.

Kilka kobiet westchnęło, a jedna dramatycznie odchyliła się na szezlongu, jakby mdlała.

Wkrótce posypały się kolejne pytania, a ona robiła, co mogła, ale często musiała wzruszyć ramionami i przyznać, że nie wie. Dodała jednak: „Jeśli lady Mary wyda więcej obiadów, póki on tu jest, na pewno nadarzy się okazja, by się dowiedzieć".

Nie powiedział jej wiele, a ona jemu jeszcze mniej, ale okazało się, że to, co powiedział w tym krótkim czasie, dostarczyło paniom więcej niż wystarczająco szczegółów, aby mogły go docenić.

„Gdzie dokładnie leży hrabstwo Tullamore?", dopytywała się kolejna.

Niedługo potem zasypały ją pytaniami, a Hannah strasznie się pogubiła. Spojrzała na lady Mary w poszukiwaniu rady, a markiza wdowa łagodnie skinęła głową, by kontynuowała.

„Tullamore leży w Irlandii. Jego lordowska mość był w drodze do Holyhead, by popłynąć do Dublina", odpowiedziała.

Zaraz potem nastąpiła seria komentarzy na temat tego, jak piękna jest Irlandia.

Gdy Hannah opisała, jak lok jego włosów opadał na jedno ciemne oko, jedna z dam, panna Gideon, wydała z siebie cichy jęk. To wywołało salwy śmiechu kosztem panny Gideon. Hannah zrobiło się żal tej damy i natychmiast powiedziała: „Sama ledwo mogłam ustać na nogach i pamiętać o oddychaniu. On jest tak okropnie zniewalający”.

„Naprawdę?”, odezwał się męski głos dochodzący od bocznych drzwi.

Hannah spłonęła z głębokiego wstydu. Wszystkie panie w pokoju wstrzymały oddech i odwróciły się, by zobaczyć hrabiego Tullamore, który stał tam w całej okazałości, z łobuzerskim uśmiechem na twarzy.

Gdyby w tej chwili ziemia mogła się rozstąpić i ją pochłonąć, byłaby niezmiernie wdzięczna.

Lady Mary wstała. „Widzę, że zapomniał pan drogi do swoich komnat. Pozwoli pan, że wskażę panu kierunek”.

Naprawdę nie powinien nadużywać gościnności, ale w Patricku Belconnenie było coś z renegata, co z trudem powstrzymywał. Urocza młoda dama, którą wcześniej tak zawstydził, siedziała tak daleko na drugim końcu stołu, że nie miał szans dowiedzieć się o niej niczego więcej. Naturalnie, chciał wiedzieć więcej.

Ponieważ znajdował się w nieznanym domostwie, a także ponieważ był hrabią i bardzo przywykł do tego, że jego wola jest spełniana bez pytania, czuł się w pełni uprawniony do wchodzenia do dowolnego pokoju, jaki wybrał. Wybrał ten, z którego dochodziły kobiece głosy, a rumieniec, którym go obdarzyła, był jeszcze lepszy niż ten wcześniejszy.

Jego gospodyni powiedziała coś o tym, że wszedł do niewłaściwego pokoju, ale kompletnie ją zignorował. Był w dokładnie właściwym pokoju i w precyzyjnie odpowiednim momencie. „Jestem pewien, że absolutnie wszystko, co panna Jones państwu o mnie opowiedziała, jest całkowitą prawdą", oznajmił zgromadzonym.

Jak jeden mąż, panie zachichotały, zatrzepotały rzęsami i ukryły uśmiechy za wachlarzami. Tymczasem panna Jones wspaniale się zarumieniła, ale potem nieco zbladła, co było przeciwieństwem tego, co chciał osiągnąć.

O, rety, zdawało się, że zaraz zemdleje.

Rzucając się naprzód, dopadł jej w samą porę, gdy naprawdę osunęła się w jego ramiona. Był na to gotów. Nic nie ważyła; będzie lekka jak piórk—

Opadła na niego ciężko, bezwładnie. Nie przygotował się odpowiednio, stracił równowagę i oboje runęli na podłogę w bezkształtnej kupce.

Piski i zduszone krzyki przerażenia wypełniły pokój.

Chwilowo pozbawiony tchu, nie mógł oddychać. Do licha, miał ją złapać w ramiona i być przy niej, gdy otworzy swoje piękne oczy. Wtedy zaczęłaby się gra!

Dłużej niż ona dochodził do siebie. Jak spłoszony królik, zerwała się na nogi. „Strasznie pana przepraszam, milordzie, proszę mi wybaczyć".

„Nic…" Słowa nie chciały mu przejść przez gardło, bo jego pierś odmawiała napełnienia się powietrzem.

Lady Mary podeszła bliżej. „Czy coś pan sobie złamał?".

„Dumę", wykrztusił.

„Panno Jones", powiedziała lady Mary, „proszę mi pomóc postawić jego lordowską mość na nogi".

Niech ją Bóg błogosławi, obdarzyła go skromnym rumieńcem, biorąc go za jedną rękę, podczas gdy lady Mary wzięła go za drugą. Szybkim ruchem znów był w pozycji pionowej i z każdą sekundą oddychało mu się łatwiej.

Starał się jak najdłużej trzymać dłoń panny Jones, ale ona ją wysunęła i bezpiecznie schowała w drugiej.

Lady Mary odezwała się ponownie: „Czy jest pan ranny?".

Bardzo chciał nim być, ponieważ dałoby mu to pretekst do przedłużenia pobytu u państwa Rosstrevor. Niestety, panna Jones miała tak zatroskany wyraz twarzy, że w dobrej wierze nie mógł przysparzać jej więcej zmartwień. Niewidzialny urwis siedzący na jego ramieniu kazał mu przestać dokuczać biednej dziewczynie i zostawić ją w spokoju. Jego anioł stróż, siedzący na drugim ramieniu, płakał.

„Jestem cały i zdrowy, milady. I wygląda na to, że rzeczywiście jestem w niewłaściwym pokoju. Uprzejmie proszę o wskazanie mi apartamentu, który tak hojnie mi pani zapewniła w potrzebie".

Gdy ponownie zaprowadzono go do jego apartamentu, pożegnał się z lady Mary na dobranoc i ułożył się w łóżku, które było o wiele wygodniejsze, niż się spodziewał. Dobre łóżka były trudne do znalezienia i mocno go kusiło, by zaproponować jego kupno i zabranie go do domu.

Ach, ale to wymagałoby sporego wozu i większej liczby koni, a także jego własnego powozu. Poprzedni leżał w kawałkach gdzieś na stromym zboczu przy drodze z Londynu do Holyhead.

Dziwne, ale już nie martwił się o tamten powóz. Kupi nowy, a nie potrwa to długo. Miał jednak nadzieję, że nie stanie się to zbyt szybko. Oznaczało to bowiem, że będzie mógł spędzić więcej czasu z uroczą panną Jones.

Zasnął z uśmiechem na twarzy.

ROZDZIAŁ 4

Następnego ranka Hannah znów nie była potrzebna markizie Caernarfonshire jako dama do towarzystwa, więc raz jeszcze miała wolne.

Słońce najwyraźniej również uznało, że nie jest potrzebne.

Uwielbiała podziwiać wiecznie zmieniające się nastroje cieśniny Menai, ale po około godzinie spaceru ziemia zrobiła się mokra i śliska. Powinna wrócić do środka i poczytać książkę przy kominku, gdzie byłoby ciepło i wygodnie. Jakie to dziwne, że jej losem było bycie damą do towarzystwa dla kogoś, kto tak naprawdę jej nie potrzebował. Przynajmniej nie w najbliższej przyszłości.

Odwiedziny u antylop skoczków byłyby rozrywką, której potrzebowała, a o tej porze dnia nie byłoby tam zbyt wielu gości. Pani Alwyn powitała ją z uśmiechem i gorącą filiżanką herbaty. Co ważniejsze, zaoferowała jej również odrobinę towarzystwa.

„Słyszałam, że na kolacji był hrabia" – powiedziała pani Alwyn.

Plotki z pewnością szybko się rozchodziły. Na wspomnienie tego Hannah poczuła, jak gorąco oblewa jej szyję i twarz. „Owszem, i pewnie słyszałaś też, że kompletnie się przed jego lordowską mością zbłaźniłam".

„Ależ skąd. Nie powinien był wchodzić do saloniku" – pocieszyła ją pani Alwyn. Mój Boże, naprawdę wiele słyszała!

Pani Alwyn ciągnęła: „A przynajmniej powinien był dać znać o swojej obecności, zamiast *podsłuchiwać*".

Nacisk, jaki położyła na ostatnie słowo, sprawił, że Hannah zamilkła. Żołądek podszedł jej do gardła. „Tylko nie mów, że on tu jest?"

Pani Alwyn roześmiała się. „Nie, kochanie, ale mój mąż nigdy nie jest daleko, a nie chciałabym, żeby czuł się pominięty".

„Nie zwracajcie na mnie uwagi" – odezwał się męski głos z jednego z odległych boksów.

Hannah roześmiała się, widząc, jak swobodni są państwo Alwyn w swoim towarzystwie. Było to coś, do czego warto dążyć. Wszyscy inni w Rosstrevor Hall zdawali się mieć jasno określoną rolę, podczas gdy ona nie bardzo wiedziała, co ze sobą począć.

Pani Alwyn nachyliła się i szepnęła: „Pokojówki mówią, jaki on przystojny".

Hannah skinęła głową. „Aż do bólu".

Pani Alwyn zachichotała. „I założę się, że doskonale o tym wie".

Obie doceniały urodę przystojnego dżentelmena. Wspaniale było mieć z kim porozmawiać; pani Alwyn nie była dużo starsza od Hannah i zawsze sprawiała, że czuła się mile widziana. Może dlatego, że sama stosunkowo niedawno przybyła w te strony?

„Jeśli będę miała okazję porozmawiać z jego lordowską mością, postawię sprawę jasno…" – powiedziała Hannah.

Drzwi stajni skrzypnęły, otwierając się.

Pani Alwyn odłożyła herbatę na bok i wstała. Hannah zrobiła to samo, zakładając, że nowo przybyłym będzie markiz sprawdzający swój niezwykły inwentarz. Jeśli on był na nogach, markiza mogła potrzebować powrotu swojej towarzyszki.

Ale to był hrabia. Oczywiście, że tak! Stał w otwartych drzwiach. Jakby z zarządzenia niebios słońce przebiło się przez mrok i oświetliło jego twarz ciepłym blaskiem.

„Mości hrabio" – Hannah pospiesznie dygnęła, a pani Alwyn poszła w jej ślady. Hannah szybko ich sobie przedstawiła, zdumiona, że jej mózg w ogóle funkcjonował w jego obecności.

„Przybył pan zobaczyć antylopy skoczki?" – zapytała pani Alwyn, chociaż brak wznoszącej intonacji na końcu zdania sprawił, że zabrzmiało to bardziej jak stwierdzenie niż pytanie.

„Czy one są prawdziwe?" – zapytał.

„Jak najbardziej" – odparła pani Alwyn, prowadząc hrabiego do boksów, gdzie mógł je podziwiać. „Mamy teraz cztery".

Hannah wierciła się, niepewna, czy powinna wyjść, czy zostać. Hrabia był tak piękny, że nikt nie mógłby jej winić za to, że pozostała jak przykuta do miejsca. Poza tym, nikt po nią nie przyszedł, więc nie wyglądało na to, by była gdziekolwiek potrzebna. Najważniejszym jednak powodem, by zostać, była chęć rozmowy z hrabią i przeproszenia go za swoje wczorajsze uchybienie w manierach.

Okazja nadarzyła się szybciej, niż zdążyła ułożyć

w głowie odpowiednie słowa. Kiedy się do niej uśmiechnął, tych kilka słów, które miała w głowie, uleciało.

„Przyznaję się" – zdołała powiedzieć.

Zasłużyła tym sobie na uniesienie jednej brwi w wyrazie zdumienia.

Słusznie. Jej samej też nie wydawało się to zbyt sensowne, a to ona to powiedziała. „Strasznie mi przykro, że mówiłam o panu wczoraj, kiedy nie mógł się pan bronić".

To wywołało na jego twarzy lekki uśmiech, jakby całkiem dobrze się bawił. „Czy powiedziała pani coś, co nie było prawdą?"

Nagle państwo Alwyn zniknęli jej z oczu. Jak udało im się tak cicho wymknąć?

Byli tylko oni dwoje i antylopy skoczki, które były urocze, zwłaszcza najmłodsza z nich.

„Ach" – Hannah musiała sobie przypomnieć jego pytanie. Czy powiedziała o nim coś, co nie było prawdą? „Nie sądzę". Oczywiście, chwaliła jego wspaniałe cechy, ponieważ jej słuchaczki zdawały się tego od niej oczekiwać.

„W takim razie nie ma potrzeby przepraszać". Mężczyzna był ucieleśnieniem pewności siebie.

„Mimo to czuję się okropnie z powodu mojej roli" – nalegała. „Byłam na kolacji pod fałszywym pretekstem".

„Och?"

Teraz miała jego pełną uwagę i stała się równie płochliwa jak młode antylopy. „Przy stole było zbyt wielu dżentelmenów; byłam tam jedynie, by zrównoważyć liczbę gości obu płci. Nie powinnam była wdawać się z panem w rozmowę".

„Ależ to ja panią zagadnąłem" – powiedział. „Co więcej, świadczy to również o troskliwości gospodyni, która dba o równowagę przy stole".

„To nie są zwykłe kolacje, mości hrabio. Markiza wdowa organizuje je jako przedsięwzięcia matrymonialne. Kiedy liczba gości jest niezrównoważona, my, to znaczy ja i jeszcze jedna pokojówka, czasami uzupełniamy wolne miejsca. W regionie jest o wiele więcej odpowiednich kawalerów, dzięki dochodzeniom w sprawie dróg i planowanemu mostowi przez Menai. Ważne jest, aby wiedział pan, które z dam na kolacji były naprawdę odpowiednimi partiami, a które, tak jak ja, nie mają grosza przy duszy. Właśnie za to muszę przeprosić; za potencjalne zwodzenie pana, podczas gdy powinnam była pozostać w cieniu”.

Całkowicie bez tchu, szybko napełniła płuca powietrzem.

Jego usta drgnęły w rozbawieniu. „Markiza wdowa zaprosiła mnie na kolację w nadziei, że poczuję sympatię do którejś z dam? Biorąc pod uwagę, że przybyłem bez zapowiedzi zaledwie kilka godzin wcześniej, ta dama działa szybko”.

„Niezwykle niegrzecznie byłoby nie zaprosić pana na kolację” – odparła Hannah.

„Niemniej jednak, to ona wystosowała zaproszenie w moją stronę, a potem… była pani w salonie, dokładnie tam, gdzie mogłem panią zobaczyć”.

„To był czysty przypadek. Nigdy nie miał pan czuć do mnie sympatii, dlatego muszę wyprowadzić pana z błędu: nie mam majątku. Muszę przyznać, że byłam zdumiona, kiedy znał pan już moje nazwisko. Czyżby pan już o mnie pytał?”

Jego szlachetne czoło zmarszczyło się, a usta ponownie wygięły w rozbawieniu. „Bawiłem się i zakładałem, że pani mnie poprawi, ani przez chwilę nie przypuszczając, że przypadkiem trafiłem z nazwiskiem”.

Cóż, to miało sens. A Jones było popularnym nazwiskiem w Walii.

„Ale ja również muszę coś sprostować" – powiedział. „Nie poczułem żadnej sympatii, jeśli to właśnie pani sugeruje".

Jej żołądek ścisnął się z szoku, ale zmusiła się do uśmiechu i skłamała: „Co za ulga".

Wyrwał mu się zduszony śmiech, a jego hipnotyzująca brew zmarszczyła się na dobre. „Zaraz. Czy sądziła pani, że jestem w stanie stracić zmysły po jednym wieczorze rozmowy?"

Teraz ją obrażał, a Hannah przełknęła ślinę z trudem. „Zdarzało się".

Wybuchnął głębokim śmiechem i z pewnością nie wskazywało to na to, że dzielili się żartem. Śmiał się bezpośrednio jej kosztem, a to jej się nie podobało.

Jej dłonie zacisnęły się w małe pięści w geście bezsilności. Miała ochotę zetrzeć ten zadowolony uśmieszek z jego twarzy. Jak śmiał śmiać się z jej szczerych przeprosin, jakby nie była godna ich składać.

„Najwyraźniej nie wie pan, co pan traci" – powiedziała. Robiąc krótki krok, zmniejszyła dystans między nimi, objęła go ramionami i pocałowała prosto w usta.

Przez jej ciało przebiegły dreszcze niezaspokojonego pożądania. Pod jej dłońmi jego ciało znieruchomiało, a jej palce zaczęły bawić się bujnymi lokami na jego karku. Przycisnęła się nieco mocniej i skłoniła jego wargi, by się rozchyliły. Chwilę później jego ramiona objęły ją, a on odwzajemnił pocałunek z równą pasją.

Doskonale.

Odsunęła się, gdy atmosfera między nimi zaczęła się robić gorąca. Miał nieprzytomne spojrzenie.

„Jeszcze pan zobaczy" – powiedziała. „Zakocha się pan we mnie".

Uśmiechnął się szeroko i potrząsnął głową. „Jestem hrabią. Nie bawię się w miłość".

Z rękami na biodrach cofnęła się poza jego zasięg i oświadczyła: „Zakocha się pan, zanim z panem skończę".

Cóż za zachwycająco czarująca kokietka okazywała się z panny Jones. Początkowo uznał ją za całkiem miłą dla oka i z przyjemnością na nią patrzył.

Teraz miała w sobie ducha walki, coś o wiele bardziej pociągającego. Cóż za miła odmiana!

„Czy rzuca mi pani wyzwanie, bym się do pani przywiązał?"

„Proszę to sobie odbierać, jak pan chce", odparła, hardo unosząc podbródek.

Doprawdy, niemal warto było stracić powóz, by móc wdawać się w słowne utarczki z tą kobietą.

„Przyjmuję to jako wyzwanie", ochoczo się zgodził.

Jej oczy rozbłysły zainteresowaniem i nie cofnęła się. Co więcej, podeszła nawet o krok bliżej, kpiąco zachęcając go, by oddał jej pocałunek na jej zadziornych, dojrzałych wargach. Niech to licho, jego ciało reagowało wbrew zdrowemu rozsądkowi. Zaschło mu w ustach, a oddech na chwilę uwiązł w gardle.

Żadne z nich się nie cofnęło. Stali naprzeciw siebie, pogrążeni w zuchwałym wyzwaniu, by zobaczyć, kto pierwszy się wycofa. W pobliżu, oprócz springbucków, nie było nikogo. Jego gospodarze gdzieś przepadli.

„Gdybym się przywiązał, z naciskiem na *gdybym*, musi pani wiedzieć, że mogłaby pani zostać jedynie moją metresą".

Uśmiechnęła się pewnie i powoli pokręciła głową. „Proszę nie obrażać nas obojga, milordzie".

Cóż za charakter! Oczywiście, zupełnie nie na miejscu, bo on był hrabią, a ona… cóż, nie był do końca pewien, kim była, ale nie była mu równa statusem społecznym, a to, jak সবাই mówili, liczyło się na tym świecie najbardziej.

Mimo wszystko chętnie skradłby jej kolejny pocałunek, a ona tak wspaniale mu się poddawała. Powoli, z namysłem, pochylił się, dając jej wszelką sposobność, by się odsunęła. Nie zrobiła tego. Czy to jego usta opadły na jej, czy to ona zniwelowała odległość? Trudno było stwierdzić. Liczyło się tylko wrażenie jej cudownie ciepłych ust na jego. Tam, gdzie było ich miejsce. Mógłby się do tego przyzwyczaić.

Nie żeby w ogóle miał zamiar się przywiązywać. Nie było na to szans, nie po zaledwie dwóch pocałunkach, nawet jeśli czuł ich moc aż po czubki butów.

Drzwi stajni otworzyły się i do środka wlało się światło z zewnątrz. Powinna odskoczyć w imię przyzwoitości… a jednak tego nie zrobiła! Czyżby nie usłyszała drzwi? Ktoś odchrząknął, a ona wciąż się nie odsuwała? Co za okropna zuchwałość! Jego umysł powoli przetwarzał fakt, że musiała rzucać mu kolejne wyzwanie – a może go wrobiła?

To on musiał się odsunąć, a kiedy to zrobił, zobaczył w drzwiach Lady Mary, udającą, że czyści but szczotką i najwyraźniej niepatrzącą w ich stronę.

Lada chwila wyda z siebie zduszony okrzyk i oświadczy, że skompromitował pannę Jones. Aż nazbyt znajoma pułapka.

Panna Jones ze swojej strony uśmiechnęła się i puściła do niego oko, po czym odwróciła się, by odpowiedzieć komukolwiek, kto przerwał im pocałunek.

„Lady Mary, springbucki są dziś w doskonałym zdrowiu",

powiedziała panna Jones pewnym głosem, jakby nic się nie stało i jej cały świat nie przewrócił się do góry nogami z powodu płomiennego pocałunku, jak to najwyraźniej stało się z jego światem.

„Panno Jones, jakże wygodnie, że panią tu zastałam", Lady Mary odnotowała jej obecność. Następnie dygnęła w stronę Patricka i zapytała o jego zdrowie.

Patrick musiał odchrząknąć, zanim zdołał odpowiedzieć, że czuje się dobrze i jest pod wielkim wrażeniem springbucków. „Czy mógłbym zamówić parę do mojej posiadłości w Irlandii?"

Lady Mary uśmiechnęła się do niego promiennie. „Zorganizujmy spotkanie z państwem Alwyn. To oni są właścicielami tych wspaniałych bestii. Śmiem twierdzić, że byliby skłonni do negocjacji, milordzie".

„Bardzo dyplomatycznie z pani strony, Lady Mary", odparł, nie mogąc powstrzymać uśmiechu. Miał nadzieję, że usłyszała drugie dno jego słów, a mianowicie, że była również bardzo *dyplomatyczna*, wchodząc, gdy całował młodą pannę, i nie zrobiła sceny.

Następnie Lady Mary powiedziała: „Muszę prosić o zwrot panny Jones; moja synowa jej potrzebuje".

Patrick pożegnał pannę Jones krótkim ukłonem, a jego partnerka od pocałunków szybko dygnęła i wyszła. Spodziewał się, że Lady Mary pójdzie za nią, ale hrabina wdowa pozostała w stajni. „Mam nadzieję, że wasza lordowska mość dobrze spał ostatniej nocy?"

„Zaiste, spałem wyśmienicie i w wielkim komforcie. Dziękuję pani. Mógłbym nawet skłaniać się ku złożeniu oferty za samo łóżko. Najwygodniejsze, w jakim spałem od lat".

„Jeśli zdoła pan zostać jeszcze kilka nocy, czy zgodziłby się pan, aby Rosstrevor Hall wydało bal na pańską cześć?"

Chciała, żeby został dłużej? „Byłoby wspaniale", zgodził się ochoczo.

„Chciałabym zaprosić kilka odpowiednich panien z regionu, jeśli zapewniłoby to panu rozrywkę, milordzie?"

„W pełni panią rozumiem, moja droga pani", uśmiechnął się Patrick. „Ma pani do prowadzenia przedsięwzięcie, a nieżonaty hrabia, że tak powiem, wpadł pani w ręce. Jednakże nie składam żadnych obietnic co do nawiązywania jakichkolwiek relacji z odpowiednimi pannami".

„Z wielką ulgą to słyszę", jej mina odpowiadała słowom i wydawała się szczera. „Chciałam z panem porozmawiać o pewnej młodej kobiecie".

„Czyżby chodziło pani o pannę Jones?" Nie było powodu, by krążyć wokół tematu, najlepiej przejść od razu do rzeczy.

„Tak, o nią samą. Proszę, błagam, aby dołożył pan wszelkich starań, by nie przywiązywać się do tej konkretnej młodej kobiety. Jeśli już pan to zrobił, muszę prosić o natychmiastowe zaprzestanie".

Patrick przełknął ślinę. Czy ta zdziwaczała staruszka zakładała, że to on przywiązał się do panny Jones, a nie na odwrót?

Nawet gdyby rzeczywiście poczuł do niej sentyment, jak śmiała mówić mu, że panna Jones jest poza jego zasięgiem. Był hrabią, nikt nie był poza jego zasięgiem. Chyba że… na litość boską, chyba nie była obiecana księciu? To by raczej zmieniało postać rzeczy.

„Zapewniam, że nie ma tu żadnej intencji ani przywiązania", zaczął. Lady Mary skinęła powoli głową. „Przynajmniej nie z mojej strony. Może powinna pani udzielić tej samej rady pannie Jones".

„Dziękuję panu", powiedziała Lady Mary, dygając, by

zasygnalizować, że zamierza odejść. „Jest tu niezwykle potrzebna i wysoko ceniona przez moją synową za jej towarzystwo".

Zanim jego woźnica przybył po południu, Patrick miał kilka godzin, by porządnie się rozeźlić z powodu tego, co inni o nim myśleli i mówili. Przywiązanie? *A kysz*! Zatańczy z każdą odpowiednią panną, która pojawi się na nadchodzącym balu. Ogarnęła go zuchwała myśl: zatańczyłby nawet z pomywaczkami, gdyby tylko zdołał je znaleźć!

Patricka ani trochę nie martwił fakt, że jego powóz był nie do odzyskania. Jego woźnica wydawał się gotowy na złość lub rozczarowanie, że nie będą mogli wznowić podróży.

Zamiast się denerwować, Patrick jedynie wzruszył ramionami. „Jestem pewien, że odzyskałeś moje rzeczy z tego, co zostało z powozu?"

„Naturalnie, sir".

„W takim razie wszystko będzie dobrze. Żaden z nas nie ucierpiał, konie również. Wszystko inne można zastąpić".

„Bardzo dobrze, sir. Jeśli zależy panu na podróży i nadrobieniu straconego czasu, możemy jutro wcześnie rano popłynąć promem z Bangor i po drugiej stronie złapać dyliżans pocztowy do Holyhead?"

„Widzisz, tutejsza matrona wydaje bal na moją cześć. To byłoby diabelnie niegrzeczne z mojej strony, gdybym zmienił zdanie".

„Och. Już pan przyjął zaproszenie?" Mężczyźnie zrzedła mina.

„Obawiam się, że tak". O rety, to, że on się świetnie bawił, nie oznaczało, że jego woźnica był w tym samym nastroju. Mężczyzna miał rodzinę czekającą na niego w domu.

„Wiesz co, mój drogi, dam ci urlop, abyś mógł wrócić do Irlandii. Gdy dotrzesz do brzegów Dublina, możesz wysłać list, by powiadomić Belconnen Hall, że się spóźnię".

„Jest pan zbyt łaskaw. Ale jeśli potrzebuje pan, żebym został, zostanę".

„Nonsens. Jesteś woźnicą bez powozu. Równie dobrze możesz wracać do domu, do rodziny, która ucieszy się, widząc cię po tak długim czasie". Święci wiedzieli, że jego własna pozostała rodzina ledwo się nim przejmowała. Na myśl o tym, co czekało go po powrocie, w jego żołądku zagościł zimny ciężar. „Wiesz co, jeśli poczekasz pół godziny, aż napiszę, będziesz wolny w tej samej minucie, w której ci go przekażę".

„Jestem zobowiązany, sir", powiedział John Woźnica z ukłonem, dotykając ronda kapelusza.

Gdy ustalili swój plan działania, Patrick dotrzymał obietnicy i napisał krótki list. Po czternastu minutach złożył na końcu swój podpis. Suszenie atramentu piaskiem zajęło ledwie dwie minuty; następnie złożył papier, napisał adres na czystej stronie i zapieczętował krawędzie kroplą wosku. Nie miał na sobie sygnetu, więc jedynie dmuchnął na wosk i wcisnął w niego palec wskazujący, gdy stygł. Wystarczająco dobrze.

Zaledwie trzy minuty później plecy Johna Woźnicy i konia, na którym przyjechał, zniknęły w dole alei.

Teraz mógł wrócić do swojego wielkiego oburzenia z powodu Lady Mary, która myślała, że może mu mówić, z kim wolno mu się wiązać. Albo do kogo. Rozważy gramatykę tego zagadnienia we właściwym czasie. Prawdziwy problem polegał na tym, że Lady Mary nie była w stanie decydować, kogo on powinien lub mógłby obdarzyć uczuciem.

Zachichotał pod nosem, myśląc o tym, jak bardzo myliła się hrabina wdowa. Sama myśl, że on, hrabia, mógłby przywiązać się do pozbawionej grosza panny Jones, była wybitnie śmieszna.

ROZDZIAŁ 5

Kolejny dzień, kolejny spacer wzdłuż brzegu, jako że Hannah znowu miała wolne. To było dziwne życie, pomyślała, być damą do towarzystwa markizy, która tak naprawdę nie potrzebowała jej zbyt często. Czasami zajmowała miejsce przy stole, gdzie nie wymagano od niej zbyt wiele, a mówiła jeszcze mniej.

Była kimś w rodzaju zapchajdziury, którą można było usadzić tam, gdzie akurat była potrzebna. Przez resztę czasu musiała sama znajdować sobie zajęcie.

Jej uwagę przykuł szurający odgłos dobiegający z ziemi. Tam, w trawie, siedział jeż. Małe stworzonko wyglądało na zmarznięte i nieco zagubione. Czy powinna przytulić to małe zwierzątko?

Jako że był to jeż, na pewno by kłuł. Hannah nie miała przy sobie nawet rękawiczek, by się ochronić.

„Witaj" – zawołał ktoś z bliska.

Gdy wstała, zobaczyła, że w jej stronę zmierza nie kto inny, jak hrabia. Na powitanie uchylił kapelusza.

„Dzień dobry, panie hrabio" – odparła, lekko dygając.

Nie mogła ukłonić się zbyt głęboko; ziemia była mokra po nocnym deszczu i jej suknie by przemokły.

„Jak się miewasz w ten piękny dzień?" – zapytał z uśmiechem, od którego poczuła dziwne motylki w brzuchu.

„Panie hrabio, mam się dobrze. Właśnie zawarłam znajomość z tym łagodnym stworzeniem" – powiedziała, wskazując na jeża.

Spodziewała się, że hrabia to zignoruje, jako że była to mała, nieistotna rzecz.

Hrabia spojrzał w dół, a jego głos uniósł się z zachwytu. „Jakiż on słodki!".

Jej serce nieco zmiękło na widok tego, jak delikatnie hrabia obchodził się z małym zwierzątkiem.

„Zawsze czuję, że mam szczęście, gdy widzę te stworzenia" – powiedział, podziwiając ich nowego, kolczastego przyjaciela. – „Ale dlaczego od nas nie ucieka?".

„Sądzę, że może być mu zimno" – zasugerowała Hannah.

„Całkiem możliwe". W tym momencie hrabia zdjął kapelusz i położył go przed jeżem. Następnie, dłonią w rękawiczce, zachęcił zwierzątko, by weszło do środka. Krzyknął tylko parę razy, gdy kolce przebiły się przez jego rękawiczki.

Jakże ujmująco było patrzeć, jak ten mężczyzna zachowuje się tak życzliwie.

Nagle ją olśniło. Był uprzejmy dla poślednich stworzeń. Czy dlatego odnosił się do niej tak życzliwie? Ponieważ była tak nisko w hierarchii?

„Co zamierza pan teraz z nim zrobić?" – zapytała Hannah, gdy hrabia podniósł kapelusz, cięższy teraz, gdy był w nim jeż.

„Eee" – rozejrzał się. Byli bliżej stajni niż kuchni. – „Chodźmy do stajni, tam przynajmniej będzie sucho".

Hannah uśmiechnęła się, rozbawiona zachowaniem hrabiego. „Może znajdzie się tam coś do jedzenia. Ależ, panie hrabio, nie wiem, co jedzą jeże".

„Może robaki albo trawę?" – podsunął, wzruszając ramionami.

Ten niesamowicie kuszący, luźny kosmyk włosów znów opadał mu na oko. Jej dłonie zadrżały z chęci, by odgarnąć go na miejsce. Zamiast tego zacisnęła je w pięści i trzymała mocno przy sobie.

Dotarli do stajni, gdzie było nieco cieplej niż na zewnątrz, ale za to o wiele bardziej sucho, z wyjątkiem jednego małego miejsca, gdzie z dachu melodyjnie kapało do wiadra.

Państwo Alwynowie, jak zwykle, doglądali skoczków antylopich. Zwierzęta te regularnie przyciągały tłumy i dziś również zebrało się tu kilka osób, by podziwiać te płochliwe, egzotyczne stworzenia.

Hrabia podszedł do pana Alwyna i pokazał mu zawartość swojego kapelusza. Twarz pana Alwyna rozjaśniła się z zadowolenia. „Mój drogi, mam ślady korników w słupach. Mam nadzieję, że to małe stworzonko jest głodne. A jeśli znajdzie pan jakieś inne, proszę je natychmiast przyprowadzić".

Pan Alwyn wziął kapelusz hrabiego i wspiął się po drabinie na wyłożoną słomą antresolę. Delikatnie opuścił kapelusz, lekko nim potrząsając, by zachęcić jeża do wyjścia.

Pan Alwyn oddał kapelusz hrabiemu, a ten otrzepał go o nogę, by usunąć ewentualne zabrudzenia, po czym włożył go na głowę.

Spod kapelusza wystawał piękny lok znad jego czoła, a na jego widok Hannah poczuła rozlewające się w niej ciepło.

Przez następną godzinę ona i hrabia spędzili uroczo cudowny czas, szukając kolejnych jeży. Nie znaleźli żadnego, ale każda chwila spędzona z hrabią była czasem dobrze spędzonym.

Niebo znów groziło deszczem. Patrick musiał przyznać, że nie znajdą już więcej jeży. Czy w oczach tej młodej damy nie wyszedł na głupca? Cóż, niech i tak będzie. Uwielbiał jeże, które były tak małe i nieszkodliwe. Poza tym pomagały zwalczać robactwo. Dziwne jednak było zobaczyć jeża o tej porze roku. Powinny przecież hibernować. Może lis znalazł jego norę?

Sprawdzi jutro u państwa Alwynów, czy Kłupek dał radę.

Och, już nadał mu imię! To mogło prowadzić tylko do złamanego serca. Ileż to zwierząt uratował w dzieciństwie i próbował ocalić?

„Powinniśmy chyba wrócić do środka, do ciepła" – zasugerowała panna Jones. Mgła osiadała na jej włosach, tworząc urocze loczki.

„Tak, chodźmy" – zgodził się. – „Czy, eee, będziesz na tańcach?".

Przechyliła głowę w ten swój nieśmiały sposób i odparła: „Jeśli liczba gości będzie nieparzysta".

„Dlatego byłaś na kolacji poprzedniego wieczoru?".

Zarumieniła się tak uroczo, że wiedział, iż to prawda. „Lady Mary czuje się niezręcznie, gdy na przyjęciach jest zbyt wielu dżentelmenów, a za mało dam, więc często dostaję zaproszenie w ostatniej chwili".

„Ach! Zatem zaproszenie na ostatnią chwilę?".

Zachichotała w zaciśniętą dłoń. „Coś w tym rodzaju".

„Jeśli masz karnet, chciałbym zarezerwować taniec".

Byli już blisko drzwi prowadzących z powrotem do

Rosstrevor Hall. Wkrótce mogli już nie mieć okazji do tak swobodnej rozmowy, ponieważ wokół będzie znacznie więcej ludzi.

„Panie hrabio, byłoby niestosowne, gdyby zarezerwował pan sobie taniec ze mną, biorąc pod uwagę moją niską pozycję i brak majątku”.

Patricka zalała fala ulgi. „To tylko taniec, a nie jakieś zobowiązanie”.

ROZDZIAŁ 6

Nadszedł wieczór balu. Przyniósł ze sobą porywisty wiatr i ulewny deszcz. Patricka niespodziewanie ogarnęła tęsknota za domem, gdyż pogoda przypomniała mu o zimach z dzieciństwa w Tullamore.

Zamiast anonsować swoje przybycie z szykiem i gracją, goście wbiegali z portyku do sali balowej, gdzie lokaje z zatłoczonych tac oferowali kubki gorącego korzennego wina. Taki rodzaj wina zwykle podawano dopiero w okresie bożonarodzeniowym, ale być może był to miejscowy zwyczaj, by uczcić... Patrick łamał sobie głowę... dzień świętego Klemensa? Niezależnie od faktycznej daty wino przyniosło pożądany efekt, rozgrzewając go od środka i roztaczając radosną atmosferę w ten ponury wieczór.

W miarę jak przybywało gości, ścisk ciał tworzył wewnątrz większe ciepło. Pod wpływem wina policzki i czoła ludzi jarzyły się różem.

Jako gość honorowy, Patrick stał u boku lady Mary, która przedstawiała mu kolejne osoby. Najwyżej postawione były córki dżentelmenów. Ich matkom oczy wychodziły z orbit na myśl o zawarciu niewiarygodnie dobrej partii. Lady Mary najprawdopodobniej byłaby zachwycona, mogąc przypisać tę partię swojemu przedsięwzięciu.

Dzisiejszy wieczór zapowiadał się *nader* interesująco.

Po drugiej stronie sali dostrzegł pannę Jones rozmawiającą z niewielką grupką pań w jej wieku. Były pięknie ubrane. Ona znów miała na sobie zachwycającą szmaragdową zieleń, która pasowała do niektórych ściegów na jego kamizelce. Podejrzewał, że to musiała być sprawka lady Mary, a nie zwykły zbieg okoliczności.

Gdy zaczęła się muzyka, zatańczył z wiejską panienką, która była od niego znacznie niższa. Z łatwością mógł lustrować salę ponad jej głową i nie spuszczać z oka panny Jones, która, niech ją diabli, uśmiechała się i dobrze bawiła, tańcząc z innym dżentelmenem.

Lada chwila spojrzy w moją stronę i zobaczy, jak bardzo ani trochę mnie nie obchodzi, że tańczy z innym.

Jakie to dziwne, pomyślał, że nie spojrzała w jego stronę. Ani jednego spojrzenia.

Muzyka ucichła, a on odprowadził swoją partnerkę do jej matki. Następna dama aż paliła się do swojej kolejki. Ta również była zachwycająca, choć tego samego wzrostu co on. Wypatrywanie panny Jones stało się trudniejsze. Dobrze tańczyła i pytała go o pogodę – bezpieczny temat do rozmowy. Później, gdyby poproszono go o jej opisanie, poniósłby sromotną klęskę.

W istocie, gdyby poproszono go o opisanie którejkolwiek z pań, z którymi tańczył, nie byłby w stanie wskazać ich najbardziej podstawowych cech. Kolor włosów? Pojęcia nie miał. Detale sukni? Zamazana plama muślinu i wstążek. Wciąż spoglądał na drugi koniec sali, gdzie za każdym razem jego wzrok padał na zachwycającą walijską panienkę, która bawiła się tak dobrze, jakby w ogóle go tam nie było.

Jak śmiała nie być zazdrosna o te wszystkie panie, z którymi tańczył?

Cóż za uroczo miły wieczór! Hannah bawiła się na balu wyśmienicie. Zatańczyła z zamożnym hodowcą owiec z Penrhyn, inżynierem z Londynu, który przyjechał w sprawie dróg, synem karczmarza z Llandygai i kilkoma mężczyznami z różnych branż handlowych z samego Bangor. Każdy z nich był podekscytowany budową mostu i naprawą dróg oraz tym, jak wpłynie to na rozwój handlu i dobrobytu w okolicy. Ich entuzjazm dla nadchodzących zmian i ulepszeń okazał się zaraźliwy. Do tej pory uważała dyskusje o mostach i drogach za nudne, ale nie mogła się oprzeć ich zainteresowaniu. Więcej ludzi przybywających w te strony oznaczało, że będą potrzebować więcej towarów i usług.

Robiła, co mogła, by wszystko zapamiętać, obiecując sobie, że poinformuje lady Mary o nadarzających się okazjach do rozszerzenia jej przedsięwzięć obiadowych.

Widok państwa Alwyn tańczących w pobliżu przypomniał jej o innej możliwości zarobku. A jestem pewna, że jeszcze więcej osób będzie odwiedzać źródlane koziołki.

„Oczywiście, przyciągną tłumy z bliska i daleka" – powiedział jej partner. W tym momencie tańczyli taniec wiejski, co pozwalało im na swobodną rozmowę, podczas gdy prowadząca para przesuwała się w dół rzędu.

Wieczór wirował tak szybko, że Hannah powinna być zmęczona, ale zamiast tego przyjmowała zaproszenia do tańca od kolejnych dżentelmenów. Następny był kadryl, a częsta zmiana partnerów oznaczała mniej okazji do rozmowy.

Jej serce zabiło raz mocniej, gdy w zasięgu wzroku pojawił się lord Tullamore. Wyglądał wspaniale i tryskał zdrowiem, a w jego oczach lśniły chochliki. Miała około trzech sekund, by go pozdrowić, zanim kroki tańca zażądały, by wrócili na swoje miejsca. Nie mogła wymyślić, co powiedzieć, więc zdołała jedynie posłać mu nikły uśmiech, a potem ruszyć w dalszą drogę.

Markiz i jego żona dołączyli do tancerzy, by zatańczyć łagodnego walca. Hannah bacznie obserwowała markizę, by sprawdzić, czy nie będzie potrzebna do jakichś obowiązków towarzyszki. Para tańczyła tak pięknie, z najcieplejszymi uśmiechami na twarzach. Ukłucie zazdrości zaskoczyło Hannah, gdy dostrzegła oczywistą miłość między małżonkami. Była tak naturalna, tak ciepła i odwzajemniona; małżeństwo równych sobie, co było niezwykle rzadkie.

Nie podobało jej się, że chełpiła się przed hrabią, iż sprawi, że się w niej zakocha. Było dla niej jasne, że miłości nie można od kogoś wymagać. Musiała być naturalna, rozwijać się we własnym tempie. Jak tylko będzie miała okazję, przeprosi hrabiego za swoje wcześniejsze zachowanie.

Pocałunek z nim był cudowny i wcale tego nie żałowała.

Podczas ostatnich kilku tańców, które były wolniejsze i miały mniej wymagające kroki, gdy wieczór dobiegał końca, widywała go tylko przelotnie. Postanowiła go zostawić w spokoju; będzie czas, by go znaleźć jutro i, miejmy nadzieję, właściwie się wytłumaczyć. Będzie się z niej śmiał, a ona na to zasłuży.

Gdy lokaje otworzyli drzwi, by pozwolić gościom wyjść,

do środka wdarła się wichura, niosąc ze sobą wir martwych liści, ulewny deszcz, a nawet gałąź drzewa.

Pośpiesznie lokaje wprowadzili gości z powrotem do środka i zamknęli drzwi.

Na zewnątrz wyglądało to jak koniec świata!

„Drodzy goście" – ogłosiła lady Mary. „Powrót do domu dla wielu z państwa jest zbyt niebezpieczny. Zorganizujemy noclegi i poczęstunek dla wszystkich, dopóki burza nie ucichnie".

Muzycy, którzy na pozór pakowali już instrumenty, zatrzymali się na te słowa. W ciągu kilku chwil pojawiła się służąca z tacą małych kubeczków, które muzycy przyjęli.

Prawdopodobnie korzenne wino.

Jakby na zewnątrz nie działo się nic niestosownego, przyjęcie wznowiono żwawą melodią.

Hannah cały wieczór była na nogach i poszukała cichego miejsca, by chwilę odpocząć. Z boku sali znajdowało się niewielkie pomieszczenie. Świece wypaliły się, więc było ciemne i puste. Zostawiła drzwi otwarte, aby wpadało światło z sali balowej. Było tam kilka wygodnych foteli, więc usiadła na jednym, a stopy położyła na drugim, chichocząc pod nosem z tego luksusu.

Nie mogła tu zostać zbyt długo; będzie potrzebna, by pomóc w ulokowaniu gości, którzy nie mogli wrócić do domu. Ale na razie pozwoliła sobie na odpoczynek.

Kilka minut później światło w drzwiach przygasło, a do środka wszedł nie kto inny jak hrabia Tullamore.

„Mój panie" – rzekła, zdejmując nogi z krzesła.

„Proszę nie wstawać" – powiedział. „Szukam kryjówki".

„Kryjówki, mój panie?"

„Przed pościgiem. A dokładnie przed pełnymi zapału debiutantkami i ich matkami".

Hannah zrobiło mu się żal, ale tylko trochę. „Mógłby pan schronić się w swoich komnatach?”

„Ach, były już zajęte”.

Hannah zasłoniła usta dłonią, żeby nie wybuchnąć śmiechem.

Jego głos był cichy i pełen frustracji. „Jeśli już pani doszła do siebie”.

Skinęła głową, rozumiejąc jego dylemat. Sam powód, dla którego przebywał w Rosstrevor Hall, wynikał z braku powozu. Nawet gdyby burza na zewnątrz ustała, nie mógłby odjechać. „Cieszę się, że nie jest pan na trakcie londyńskim w taką pogodę” – zaoferowała w ramach pocieszenia.

„Nie jestem pewien, co jest bardziej niebezpieczne, trakt czy zdesperowane młode damy i ich matki”.

„Proszę nie oczerniać moich rodaczek. Jest pan ostatnio najbardziej ekscytującą rzeczą, jaka się w tych stronach wydarzyła, a one są tak spragnione rozrywki”.

„Próbują mnie usidlić w zaręczyny, uczciwymi środkami lub nie”.

Hannah wpadła na pomysł. Chociaż bolały ją stopy, najlepszym miejscem dla hrabiego było otwarte pomieszczenie, jak najbliżej lady Mary. „W takim razie nie jest pan bezpieczny ze mną w tym ciemnym pokoju” – przypomniała mu. „Lady Mary jest wciąż w sali balowej i...”. Zerknęła przez szparę w drzwiach. „Lokaje serwują kolejną rundę korzennego wina. Proszę iść i ogrzać się w towarzystwie, a pańska reputacja pozostanie nieskalana”.

Nikt nie będzie mógł go o nic oskarżyć, jeśli będzie na widoku. Ciemne pokoje bez przyzwoitki to natomiast zupełnie inna sprawa.

„Poza tym, wypada mi przeprosić za to, że tak niesprawiedliwie z pana drwiłam, gdy odwiedzał pan źródlane koziołki".

Wstał i mruknął coś o tym, że wiedział, iż nie mogła mówić poważnie. „Nie sądziłem, że jest pani typem osoby, która gra na dłuższą metę".

Nie miała pojęcia, co to znaczy, ale wstał w tej samej chwili co ona i zamierzali wyjść. On pierwszy — żeby wszystkie oczy podążyły za nim, gdy będzie szukał lady Mary. Kiedy wszyscy będą rozproszeni, ona też wyjdzie. Albo może zostanie i znowu położy nogi na krześle. To też była jakaś opcja.

Ten dobrze przemyślany plan miał jedną małą wadę: innych ludzi. Mianowicie młodą damę, która wślizgnęła się do pokoju, zanim zdołał wyjść. Kobieta mrugnęła, gdy jej oczy przyzwyczaiły się do ciemności, po czym wydała ciche „Och" zdziwienia, dostrzegając hrabiego.

To była panna Gideon, z obiadu!

Hrabia cofnął się, by stworzyć większy dystans. Oczy panny Gideon były utkwione wyłącznie w jego lordowskiej mości; nawet nie zauważyła, że Hannah wciąż tu jest. Dama myślała, że jest zupełnie sama w pokoju z hrabią.

Jak daleko się posunie?

Hannah cicho wsunęła się za fotel, by móc obserwować, ale nie ingerować. Nie było powodu do zachowywania ciszy, gdyż młoda dama zaczęła teatralnie i przesadnie głośno dyszeć. „Och, mój panie! Nie, absolutnie nie mogłabym!".

Hannah przewróciła oczami, wiedząc dokładnie, do czego to zmierza.

Następnie młoda dama odwróciła się w stronę otwartych drzwi, aby jej głos niósł się na zewnątrz. „To bardzo niestosowne!" – powiedziała.

W myślach Hannah odliczała od pięciu. Gdy doszła do dwóch, matka damy otworzyła drzwi jeszcze szerzej i stanęła na progu. Jej dłoń pofrunęła do piersi w szoku i oburzeniu. „Moja córka sam na sam z hrabią Tullamore! Skompromitowana!".

ROZDZIAŁ 7

Uszy Hannah wypełniło cmokanie i westchnienia. Matka panny odgrywała najbardziej spektakularne przedstawienie; równie dobrze mogłaby rozpocząć karierę na scenie!

Wiele rzeczy wydarzyło się naraz, gdy nagle wejście do pokoju zablokowali ludzie, zasłaniając przy tym światło. Słuch jej jednak не zawiódł i usłyszała wszystko, podchodząc bliżej swojej strony framugi.

Kłopotliwe położenie hrabiego zostało wyłożone wszystkim na tacy, gdy słodka młoda dama uczepiła się matki i głośno zawodziła nad tym, co się z nią teraz stanie.

– To jasne, że hrabia musi poślubić moją córkę. To jedyne wyjście – powiedziała pani Gideon, rozkoszując się swoją nową rolą matki hrabiny.

Hrabia próbował oczyścić atmosferę. – Szanowna pani, nawet nie zbliżyłem się do pani córki.

– Ale był pan z nią w ciemnym pokoju bez przyzwoitki! – wykrzyknęła matka. – Lady Mary, z pewnością rozumie pani, że ten gość zszargał reputację mojej córki, a na dodatek dobre imię Caernarfonshire.

Lady Mary zasugerowała: – Jestem pewna, że wszystko to da się łatwo wyjaśnić i uporządkować we właściwym czasie, bez żadnej szkody, pani Gideon. – Była to próba złagodzenia nieco nastroju, chociaż wszyscy obecni byli cicho jak mysz pod miotłą, słuchając i najprawdopodobniej obserwując emocjonalną burzę. Pasowała ona do energii prawdziwej nawałnicy na zewnątrz, która wyła wokół Rosstrevor Hall.

Pani Gideon prychnęła kilka razy, po czym oświadczyła: – Szkoda już się stała, Lady Mary. Moja biedna Rhiannon jest skompromitowana.

Hrabia spróbował ponownie. – Pani Gideon, nie zostaliśmy sobie jeszcze przedstawieni, ale zapewniam panią, że szukałem ukojenia w saloniku i byłem zupełnie sam, a chwilę później weszła za mną pani córka.

To wywołało o wiele więcej westchnień, jako że dosłownie oskarżył pannę Gideon o kłamstwo.

– To nie... to nie może być... – zaczęła pani Gideon. – Rhiannon jest niewinna!

Chociaż Hannah doskonale bawiła się tą pantomimą, musiała się ujawnić i wyjaśnić to głębokie nieporozumienie.

Wyszła z buduaru w sam środek dramatu. – Witam, wydaje mi się, że mogę pomóc rozwiązać tę sytuację i doprowadzić ją do satysfakcjonującego finału.

Pani Gideon pisnęła: – Skąd się pani wzięła?

Twarz Lady Mary rozjaśniła ulga. – Przejdźmy wszyscy do kuchni, gdzie będziemy mogli to omówić.

– Nie, nigdzie нe idziemy – zaprotestowała pani Gideon, przytulając Rhiannon bliżej siebie. – To wymaga świadków.

Wszystkie oczy zwróciły się na Hannah, a ona wzięła głęboki, uspokajający oddech. – Panna Gideon нe była sama ani не została skompromitowana, jako że przez cały czas byłam w pokoju, nawet zanim wszedł hrabia. Mogę potwierdzić, że sądził, iż jest w pokoju sam, a panna Gideon weszła chwilę po nim.

– Nie – pani Gideon potrząsnęła głową. – Nie było pani w środku. Zobaczyłabym p… – Zakryła usta dłonią.

Gra była skończona. Tak jak Hannah podejrzewała, cała scena była fortelem mającym na celu usidlenie hrabiego.

Lady Mary zwróciła się do ich ogromnej widowni i wygłosiła wspaniałą kwestię: – Na tym kończymy naszą jednoaktówkę. Proszę podziękować naszej cudownej obsadzie za zapewnienie nam rozrywki w tak krótkim czasie i w taką burzliwą noc!

Przez chwilę panowała cisza, aż w końcu tłum wybuchnął aplauzem. Pani Gideon i jej córka odsunęły się od siebie i wystąpiły naprzód, by dygnąć, niczym do ukłonów po spektaklu.

Ramiona hrabiego opadły z ulgą. Jego wzrok odnalazł spojrzenie Hannah, a on skłonił się krótko, by jej podziękować. Wchodząc w rolę, wzięła go za rękę i oboje zwrócili się ku widowni, kłaniając się swoim uwielbiającym fanom.

Następnie Lady Mary odwróciła się plecami do tłumu i powiedziała do czworga „aktorów”: – Kuchnia, za pięć minut.

Pięć minut później byli bezpieczni i sami w kuchni, z drzwiami solidnie zamkniętymi przed osobami postronnymi. Lady Mary przejęła kontrolę i zabrała głos. – Pani Gideon, przepraszam za zszarganie pani reputacji poprzez skojarzenie pani ze sceną, ale trzeba było to zrobić, by uniknąć dalszego skandalu. Może być pani znana jako niesamowita aktorka i znosić wstyd z tym związany, albo jako kłamczucha. Wybór należy do pani.

Nie był to wielki wybór, ale ponieważ historia, którą mieli opowiadać innym w przyszłości, głosiłaby, że zaimprowizowali przedstawienie dla zapewnienia rozrywki gościom podczas straszliwej burzy, wydawało się to najlepszą opcją. Hannah musiała przyznać, że Lady Mary ma ciętą ripostę.

Ale też historia o tej rozrywce rozejdzie się szeroko i być может nawet pomoże jej przedsięwzięciu matrymonialnemu. Skandal mógłby to poważnie utrudnić.

Panie Gideon opuściły kuchnię.

Hannah już miała wyjść, ale Lady Mary przywołała ją z powrotem i kazała hrabiemu również zostać. – Wciąż mamy problem z wami dwojgiem – powiedziała.

– Nic się nie stało – powiedzieli oboje jednocześnie.

– Wiem, ale co się *faktycznie* wydarzyło?

Hrabia spojrzał na Hannah, a ona na niego. Hannah zabrała głos. – Szukałam odpoczynku. Jako że nie zakwaterowała nas pani jeszcze w pokojach na noc, pomyślałam, że znajdę sobie jakieś ciche miejsce, by odpocząć. Wiem, że powinnam była opiekować się markizą, ale ona i…

Lady Mary uniosła dłoń, by jej przerwać. – Faktem jest, że byłaś w pokoju, a lord Tullamore albo poszedł za tobą, albo wszedł tuż po tobie. Potem, niedługo po hrabim, weszła panna Gideon. Moim zdaniem, Tullamore, skompromitowałeś pannę Jones.

Hrabia głośno przełknął ślinę. – Najszczerzej żałuję, że nie zbadałem pokoju dokładniej przed wejściem. Nie miałem pojęcia, że jest zajęty. To moja wina.

Głos Lady Mary stał się surowy. – Skompromitowałeś swoimi czynami towarzyszkę mojej synowej. Jest tylko jedno wyjście z tej sytuacji.

– Nie – przerwała Hannah. – Proszę, Lady Mary, to była szczera pomyłka i absolutnie nic się nie wydarzyło. Ledwo wszedł, gdy pojawiła się panna Gideon, a ona também mnie nie widziała. To dowód, że lord Tullamore não zdał sobie sprawy z mojej obecności. W ogóle mnie não skompromitował, a wręcz moja obecność zapobiegła o wiele większemu skandalowi.

– To prawda – powiedziała Lady Mary. – Ale niezależnie od tego, czy ludzie uwierzą, że odegraliśmy przedstawienie, czy że to, co widzieli, było prawdziwe, przyznałaś, że byłaś sama w pokoju z mężczyzną. – Zwróciła się do hrabiego. – Cóż pan na to powie, Tullamore? Czy uczyniłby pan z panny Jones uczciwą kobietę, by usunąć wszelką możliwą skazę z jej reputacji?Przełknął ślinę i powiedział: – W dobrej wierze proszę o rękę panny Jones.

Hannah pomyślała, że zaraz zemdleje.

Jeśli miał do wyboru pannę Gideon i pannę Jones, to przynajmniej pannę Jones znał trochę lepiej, a do tego całowała całkiem pięknie. Postąpił jak idiota, wchodząc do pokoju bez uprzedniego sprawdzenia, czy jest zajęty. To była jego wina. Czyż nie był już ostrożny wobec matek-swatek? A on wparował do zajętego pokoju, niczego nie sprawdzając.

Rozum go najwyraźniej opuścił i naprawdę powinien był wiedzieć, że nie może sobie pozwolić na igraszki z panną Jones i sądzić, że odejdzie bez konsekwencji. Zbytnio przywykł do bycia hrabią ze wszystkimi wolnościami, jakie się z tym wiązały, i do zbyt swobodnego zachowania wobec młodych dam w Londynie i Dublinie.

Zimny lęk w jego żołądku narastał wraz z ciszą w kuchni.

Lady Mary spojrzała na niego surowo. – Czy pańska propozycja jest szczera?

– Jest – potwierdził, mając ochotę zwymiotować ostatniego drinka. – Chociaż chciałbym zrzucić winę na korzenne wino, nie mam kogo winić prócz siebie.

Wszystko zrujnował, ale zaczął wierzyć, że być może to właśnie go ukształtuje. *Postąpi słusznie* i станет się szanowanym człowiekiem.

– Uwalniam jego lordowską mość od danej obietnicy – oświadczyła panna Jones.

Co? Patrick i Lady Mary odwrócili głowy w jej stronę. Był taki szarmancki, taki honorowy, a ona puszczała go płazem?

Twarz panny Jones była zaróżowiona, a w jej oczach błyszczały nieurawione łzy. – Nie może pan nawet na mnie spojrzeć, gdy się pan oświadcza. Nie wyobrażam sobie, by sprawy mogły się poprawić po tak złym początku. Oboje wiemy, że nic się w tym pokoju nie wydarzyło. Tak, jest pan hrabią, a ja zaledwie skromną damą do towarzystwa. Gdybyśmy się pobrali, ludzie odkryliby moje pochodzenie i założyli, że wydarzył się o wiele większy skandal, skoro poprosił pan o moją rękę. To jest *wyjątkowo* niestosowne.

Musiał zmarszczyć czoło z niedowierzaniem, słysząc jej słowa. – Odmawia pani, bo martwi się pani o skazę na *swojej* reputacji? – Słowa „za kogo się pani uważa?" już miały mu wylecieć z ust, ale powstrzymało je piorunujące spojrzenie Lady Mary.

Słusznie na niego spojrzała; nawet pomyślenie o czymś takim nie było honorowe.

Lady Mary wtrąciła się do rozmowy. – Cieszę się, że odmówiłaś, Hannah. Jesteś zbyt cenna dla Amelii i strasznie bym za tobą tęskniła. A teraz uściśnijmy sobie dłonie jak przyjaciele i zobaczmy, czy burza na zewnątrz ucichła; w przeciwnym razie będziemy musieli zakwaterować ludzi w stajniach.

Patrick wciąż próbował pogodzić się z tym, co się właśnie wydarzyło. Złożył całkowicie szanowną propozycję damie, teraz gdy wszyscy obecni wiedzieli, że była sama w pokoju, kiedy on wszedł, a jednak ona nie chwyciła się szansy na zostanie hrabiną.

Być może było z nią coś głęboko nie tak.

A Lady Mary na dodatek była zachwycona. Jakim cudem towarzyszka jej synowej była tak cenna, skoro tak łatwo można by ją zastąpić jakąkolwiek młodą dziewczyną z najbliższego miasta?

Co więcej, gdyby się pobrali, hrabina Tullamore przewyższałaby je wszystkie rangą!

Lokaj odprowadził go do jego pokoi, gdzie na szczęście nie było żadnych kobiet. To nieoczekiwane zdarzenie sprawiło, że wcześniej uciekł na dół i znalazł cichy pokój. Nie przeszkadzało mu, że czterech dżentelmenów miało tymczasowe posłania w garderobie obok.

W głowie huczało mu od oburzenia i konsternacji, a sen nie nadchodził.

Panna Hannah Jones, ta sama kobieta, która pocałowała go w stajni i oświadczyła, że sprawi, by się w niej zakochał, doskonale rozegrała swoją partię i wyciągnęła od niego oświadczyny.

Tylko po to, by go natychmiast odrzucić!

Burza na zewnątrz trwała, smagając okna ulewnym deszczem i porywami wiatru. Jego własny umysł był burzą pełną zamętu. Złożył swoje pierwsze oświadczyny i został odrzucony.

Na litość boską, co z nią było nie tak, że mu odmówiła?

ROZDZIAŁ 8

Przez całą noc Hannah spała wtulona i ogrzana obok Sarah i Anne, mimo że niebiosa robiły, co w ich mocy, by zmrozić świat i wstrząsnąć nim w posadach. Pokojówki wstały wcześnie, by posprzątać i ponownie rozpalić w kominkach, aby ogrzać dom. Ciepło to było jednak zbyt ambitne słowo; ogień ledwo odpędzał chłód panujący w powietrzu.

Wypuszczając z ust obłoczki pary, Hannah wyszła z ciepłego łóżka i szybko się ubrała, wkładając drugą koszulę w nadziei, że się ogrzeje. Czy zeszłej nocy oświadczył jej się hrabia – najprawdziwszy, żywy hrabia?

Uśmiech rozlał się na jej ustach.

Tak, oświadczył się.

A czy ona, zwykła panna z północnej Walii, odmówiła potem temu hrabiemu?

Ciężkie westchnienie wyrwało się z jej piersi, wypuszczając w powietrze kolejny obłok pary.

Tak, odmówiła.

Gdyby był naprawdę zainteresowany, sprawa wyglądałaby zupełnie inaczej. Ale przecież nie mógł tak naprawdę chcieć się z nią ożenić, nie po zaledwie kilku dniach znajomości. Nawet biorąc pod uwagę skandal, jego słowa brzmiały pusto.

Jakże lekkomyślna i głupia musiałaby być, by przyjąć jego oświadczyny?

Małżeństwo z arystokratą było bajkowym zakończeniem, które po prostu nie przytrafiało się wiejskim dziewczętom takim jak Hannah. Była niedorzeczna, kiedy pocałowała go w stajni i oświadczyła, że sprawi, by się w niej zakochał. To był przypływ gorącej krwi do głowy, który odsunął na bok zdrowy rozsądek. Chciała po prostu wiedzieć, jak to jest być całowaną, a ponieważ on był gościem i wkrótce miał wyjechać, uległa pokusie. Jej deklaracja, że sprawi, iż się w niej zakocha, była niedorzeczna – desperacką próbą ratowania twarzy, i była niezmiernie wdzięczna, że to spotkanie nie miało żadnych świadków. Nigdy by sobie tego nie darowała, gdyby Alwynowie ich zobaczyli!

Gdy skończyła się ubierać i ruszyła do kuchni, pomyślała, jak bardzo jest wdzięczna, że popełniła błąd na osobności. Biedny hrabia – tak, zaczynała mu współczuć – popełnił błąd na oczach publiczności. W pewnym sensie Hannah cieszyła się, że tam była, aby za niego poręczyć i uchronić go przed koniecznością poślubienia panny Gideon.

Pewnie dlatego oświadczył jej się później: to była źle ukierunkowana wdzięczność za to, że wyciągnęła go z pozornie beznadziejnej sytuacji w obecności tak wielu świadków.

Wzięła talerz ze śniadaniem i zapytała kucharkę, czy mogłaby coś zanieść markizie.

„Jaśnie pani już wstała i krząta się po domu. Znajdzie ją pani w salonie" – odparła kucharka.

Hannah szybko zjadła tosta i udała się do swojej pani. Przez cały ten czas jej myśli błądziły ku hrabiemu. Był zmartwiony tym, że go wczoraj odrzuciła. Jednak „zmartwiony" nie było chyba właściwym słowem. „Zszokowany" byłoby bliższe prawdy. Zszokowany, że ktoś śmiał mu odmówić.

Lady Amelia uśmiechnęła się, gdy Hannah zajęła swoje miejsce i podjęła porzuconą robótkę. „Słyszałam, że wkrótce podróżujesz do Irlandii".

Och nie, i pani markiza też? „To było nieporozumienie, jaśnie pani".

Lady Amelia odłożyła robótkę i uniosła brew, spoglądając na Hannah.

Hannah brnęła dalej. „Wyjaśniliśmy to sobie wkrótce potem. Nic złego się nie stało, niczyja reputacja nie ucierpiała ani trochę".

Mimo to lady Amelia nie odpuszczała. „A co z twoim sercem?".

Hannah zmarszczyła czoło w zakłopotaniu. „Moje serce jest spokojne i czuje ulgę, że sytuacja została rozwiązana. Podobnie jak pogoda. Wielu wczorajszych gości wraca już do domów, skoro burza ucichła".

„Nie musisz zmieniać tematu przy mnie, droga Hannah. A teraz powiedz mi, jak przyjaciółce, czy naprawdę jesteś tu szczęśliwa?".

„Jaśnie pani, proszę, jestem tak bardzo wdzięczna za tę posadę".

„Hmm. *Wdzięczna.* To nie do końca odpowiada na moje pytanie. Wiem, że to niesprawiedliwe być zawsze na moje zawołanie, zwłaszcza że… cóż, tak naprawdę nie mam dla ciebie zbyt wielu zleceń, ponieważ mój drogi mąż zajmuje tak wiele mojego czasu".

Na te słowa markiza lekko się zarumieniła.

Hannah spuściła głowę, doskonale rozumiejąc, co lady Amelia miała na myśli. „Uwielbiam mieszkać w Rosstrevor

Hall i mam najżyczliwszych, najhojniejszych pracodawców, jakich dama mogłaby sobie życzyć".

„Ale wciąż nie masz miłości".

„Jaśnie pani, proszę nie myśleć, że jestem w jakikolwiek sposób niezadowolona".

„Nie ma nic złego w zakochaniu się" – powiedziała lady Amelia, wracając do robótki. „Właściwie, gorąco to polecam".

Znowu lekko się zarumieniła, a Hannah pomyślała, że zaraz zachichocze. „Moje uczucia, jakiekolwiek by nie były, tak naprawdę nie mają znaczenia. Sama ich jeszcze nie uporządkowałam. Są jak porzucone, splątane motki nici".

Lady Amelia uśmiechnęła się z wyrazem zrozumienia i powiedziała: „Do tego splątania dochodzi jeszcze fakt, że nie znamy uczuć hrabiego. Lady Mary poinformowała mnie, że zeszłej nocy oświadczył ci się, w pełni szczerze i poważnie. A co więcej, odrzuciłaś go, nie dając sobie nawet dnia na zastanowienie".

„Jaśnie pani, nie tyle go odrzuciłam, co zwolniłam go z obowiązku oświadczyn. Jestem pewna, że uczynił to w pośpiechu i być może w celu ratowania własnej reputacji po scenie, jaką urządziliśmy na oczach wszystkich".

Teraz lady Amelia zachichotała już na dobre. „Lady Mary była dość sprytna, udając, że to była improwizowana sztuka, a nie najprawdziwsza próba usidlenia hrabiego przez zmuszenie go do skompromitowania panny Gideon. Myślę, że powinnam porozmawiać z lordem Tullamore i wybadać jego zamiary".

„Proszę tego nie robić" – błagała Hannah. „Proszę po prostu pozwolić, by ta sprawa ucichła i udawać, że nigdy się nie wydarzyła".

Amelia położyła robótkę na kolanach. „Cóż, wiesz, teraz

wydaje mi się, że protestujesz aż za bardzo. Uważam, że całkiem zawrócił ci w głowie, i sądzę, że sercu również".

Hannah starała się ze wszystkich sił skupić na ściegach i przez chwilę nawet jej się to udawało.

Wtedy lady Amelia zadała jej coup de grâce. „Słyszałam też o tym, co wydarzyło się w stajni".

Hannah upuściła wszystko na kolana i zakryła twarz. „Jak?" – zawołała zza dłoni. „Nikogo tam nie było".

„Och, moja droga, tylko z tobą żartowałam. Nie zdawałam sobie sprawy, że coś *naprawdę* wydarzyło się w stajni! Ale sądząc po twojej reakcji, musiało się wydarzyć. Opowiedz mi wszystko!".

Utopiona. Hannah była kompletnie utopiona!

Patrick przez całą noc z nikim nie rozmawiał, ale po tym, jak goście ucichli, gdy następnego ranka wszedł na śniadanie, domyślił się, że musieli o nim mówić. Takie były skutki bycia w centrum emocjonalnego dramatu.

Nałożywszy tosty na talerz, dodał plaster bekonu i ruszył do stołu. Dość lubił nieformalność śniadań na przyjęciach domowych. Wszyscy mieszali się bez określonego porządku, więc mógł spotkać się z każdym.

Był szczególnie wdzięczny, widząc Alwynów już przy stole, więc z ciepłym powitaniem zajął miejsce obok nich.

Pani Alwyn uśmiechnęła się i zapytała, czy miał spokojną noc.

„Bez najmniejszych zmartwień" – skłamał wesoło, w nadziei, że inni go usłyszą. „Jak się mają daniele dziś rano?".

Pan Alwyn pokręcił głową z troską. „Chłód im nie służy, ale dobrze przetrwały noc".

„Jakieś zniszczenia?" – zapytał. Nagle przeszył go wstyd, że nie zadał takiego pytania Rosstrevorom.

„Dach stajni wytrzymał, przynajmniej" – powiedział pan Alwyn – „ale niewiele brakowało. Wkrótce zbierzemy zespół, by ocenić teren posiadłości".

„Mam nadzieję, że statek do Dublina nie wypłynął wczoraj w nocy" – powiedziała pani Alwyn.

Zimny strach zmroził krew w żyłach Patricka. Mógł z taką łatwością być na tym statku, gdyby jego powóz nie zepsuł się wcześniej na drodze. Czy ta strata była błogosławieństwem w przebraniu?

Och, nieszczęście, zaraz przyszła mu do głowy kolejna myśl. Czy jego woźnica był na pokładzie? Nie podziękowałby człowiekowi za tak ciężką przeprawę. Być może jego woźnica nie dotarł tak daleko albo zawrócił. Mógł tylko mieć nadzieję.

Pani Alwyn musiała zauważyć jego dyskomfort i dodała: „Jestem pewna, że nie wypłynęli. Są niezwykle dobrzy w odczytywaniu pogody".

„To prawda" – potwierdził jej mąż.

Patricka uderzyło, że być może jego podróż, jakkolwiek straszna do tej pory, byłaby o wiele gorsza, gdyby kontynuował ją zgodnie z planem. Dużo się modlił, gdy powóz podskakiwał i trząsł się na tej okropnej drodze. Czy Rosstrevor Hall było odpowiedzią na jego modlitwy, a on tego nie dostrzegł?

A jeśli Opatrzność postawiła na jego drodze Rosstrevor Hall, to czy Opatrzność postawiła przed nim także pannę Jones?

Musiał ją znaleźć.

Później rano znalazł pannę Jones spacerującą obok lady Amelii w ogrodzie kuchennym. Słońce czyniło bohaterskie wysiłki, by przebić się przez chmury. Lady Amelia nadzorowała ogrodników naprawiających zniszczone przez wiatr inspekty.

Z cichym przyzwoleniem lady Amelia pogrążyła się w rozmowie z personelem, pozwalając pannie Jones cofnąć się nieco i porozmawiać z Patrickiem. Mieli oczywiście publiczność, ale ta taktownie ich ignorowała.

„Panno Jones, nie mogę się oprzeć wrażeniu, że nieco zbyt pochopnie odrzuciła pani moją propozycję zeszłego wieczoru".

„Doprawdy?" – brwi panny Jones uniosły się. „Sądziłabym, że moja odpowiedź przyniosła panu sporą ulgę".

„Też tak myślałem" – przyznał, zbyt swobodnie. Chciał z nią rozmawiać otwarcie, bo nie było sensu marnować czasu. Musiał być jakiś powód, dla którego ich losy się splotły. „Dziś nie mogę się powstrzymać... zastanawiam się... czy nie powinienem oświadczyć się ponownie".

„W nadziei na inną odpowiedź, milordzie?".

„Tak".

„Nie" – odparła, a była to odpowiedź o wiele zbyt szybka jak na gust Patricka.

„Ależ dlaczego?" – odparował. Było to powiedziane w pośpiechu i żałował, że nie potrafił spowolnić umysłu na tyle, by znaleźć słowa, które skłoniłyby ją do pozytywnej odpowiedzi.

Skrzywiła się lekko, co było złym znakiem. „Milordzie, mówmy otwarcie".

„Ależ proszę".

„Mówiłam w pośpiechu" – powiedziała.

Doskonale. To rozwiązywało się lepiej, niż się spodziewał.

Zniżyła głos i pochyliła głowę nieco bliżej, mówiąc:

„Kiedy powiedziałam, że sprawię, by się pan we mnie zakochał".

To przywołało wspaniałe wspomnienia pocałunku w stajni.

Ale zaraz... „To było kilka dni temu... Myślałem, że odnosi się pani do swojej odpowiedzi sprzed chwili albo zeszłej nocy, która moim zdaniem była o wiele zbyt pochopna".

„Pochopna czy nie, moja odpowiedź się nie zmieni, milordzie".

„Czy jestem głupcem, myśląc, że kiedykolwiek się zmieni?".

Odeszli kilka kroków dalej i udawali, że przyglądają się pobliskiej grządce porów. Ze swojej części ogrodu lady Amelia odwróciła się, by zauważyć, gdzie są i że wciąż zachowują się w granicach przyzwoitości. Zadowolona, odwróciła się do nich plecami i wznowiła własną rozmowę.

Niepewny, ile mają czasu na swobodną rozmowę, Patrick sięgnął po jej dłoń. Wiedział, że w rzeczywistości nie mógł poczuć gorąca między nimi, ponieważ oboje mieli na sobie grube rękawiczki, ale fakt, że pozwoliła mu na tę zażyłość, posłał iskrę ciepła przez jego ciało.

„Naprawdę nie jest pani zainteresowana zostaniem moją hrabiną?" – Jak mógł tak wszystko psuć? Naprawdę myślał, że gdy nadejdzie ten moment i oświadczy się kobiecie, ta rzuci mu się do stóp, by go przyjąć.

„Cóż, jestem. To urocza i bardzo kusząca propozycja, ale nie wierzę, że składa ją pan z serca. Wiem, że kobieta mojej pozycji nie ma prawa stawiać takich wymagań mężczyźnie pańskiej rangi, ale muszę być szczera sama ze sobą. Czy mogę ulżyć sobie jeszcze bardziej, milordzie?".

„Proszę bardzo" – powiedział z niewielkim entuzjazmem.

To jednak zdawało się ją rozweselić. „Sądzę, że jestem zazdrosna o to, co mają inni. Widzę lady Amelię tak błogo szczęśliwą w życiu. Alwynowie również są doskonałym przykładem małżeństwa z miłości i to naturalne, że i ja bym tego pragnęła. Czy to ma jakikolwiek sens?".

„Rozumiem" – przyznał. Nie widywał Alwynów zbyt często, ale sprawiali wrażenie szczęśliwej pary, czującej się swobodnie w swoim towarzystwie. Nie widywał też często swoich gospodarzy, ale dwór funkcjonował gładko, więc mógł jedynie przypuszczać, że Caernarfornshire'owie mają podobne usposobienie. Rozumiał, dlaczego ktoś żyjący obok takich rodzin pragnąłby tego samego dla siebie pewnego dnia. „Ale jednego nie rozumiem. Jeśli tak jest, a wierzę pani na słowo, że nie jest, to dlaczego nie korzysta pani z szansy na ten sam poziom szczęścia ze mną?".

Westchnęła z nutą smutku, a on wiedział, że nie jest gotów na odpowiedź.

„Ponieważ nie zna pan samego siebie, milordzie, i nie mówił pan poważnie, kiedy się pan oświadczał".

To go zmiażdżyło.

Bo mówił poważnie; naprawdę!

Teraz to już narobiła. Widziała, jak nadzieja gaśnie w jego oczach. Teraz jej kolej, by pospieszyć z pochopnymi słowami, aby ulżyć jego zranionej duszy. „Milordzie, znamy się zaledwie kilka dni. Chwaliłam się, że sprawię, by się pan we mnie zakochał, ale to była fałszywa odwaga. Musiałam ratować twarz po tym, jak zrobiłam z siebie głupią, więc powiedziałam pierwsze słowa, które przyszły mi do głowy. W tamtej chwili sprawiły, że poczułam się nieco lepiej.

Później wiedziałam, jak bardzo były nieprawdziwe. Nikt nie może zmusić nikogo, by się w nim zakochał".

Spojrzał na nią z pustym wyrazem twarzy.

„Uważam pana za niezwykle atrakcyjnego, a myśl o zostaniu hrabiną jest ekscytująca. Ale nie pasujemy do siebie. Pan jest szlachcicem; ja jestem damą do towarzystwa. Kiedy wróci pan do Irlandii, pozna pan odpowiednią damę swojej sfery, która będzie wiedziała, jak prowadzić dom hrabiego".

Jego pierś uniosła się w oddechu, który powoli wypuścił. „Nie sądziłem, że odrzucenie tak zaboli. Nie jestem do tego przyzwyczajony".

Hannah zacisnęła usta. Już go bolało; nie było potrzeby przypominać mu, że jako hrabiemu prawie nikt nigdy mu nie odmawiał. Prawdopodobnie mógłby policzyć te przypadki na palcach jednej ręki.

„Dziękuję pani za szczerość w wyjaśnieniu swoich motywacji" – powiedział w końcu. „Myli się pani jednak co do moich. Ja znam samego siebie. Uważam za niezwykłe, że zakłada pani, iż zna moje uczucia lepiej ode mnie".

ROZDZIAŁ 9

Hannah poczuła wyrzuty sumienia. „Nie to miałam na myśli" – powiedziała. Przeklinając się w duchu, zapragnęła cofnąć te słowa. Nie tylko zdenerwowała go swoją odmową, ale także zraniła go osobiście.

„Czy naprawdę nic pani na mnie nie zależy?" – zapytał.

„Bardzo mi na panu zależy". To była niefiltrowana szczerość, a poczucie winy zaczęło ustępować. „Jest pan honorowym człowiekiem, a to wspaniała cecha, ale to wszystko stało się nieco niedorzeczne i wymknęło się spod kontroli. Oboje mówiliśmy różne rzeczy, by ratować twarz. Przykro mi, że pańskie słowa musiały paść publicznie. Gdy wróci pan do Irlandii, zgodzi się pan, że był to nieszkodliwy flirt, wynikający jedynie z bliskości".

„Jest pani *aż tak* pewna moich uczuć, prawda?"

Zamrugała zdezorientowana.

„Cóż, nie będę się nad tym rozwodzić" – rzekł. „Dziękuję za tę rozmowę i życzę miłego dnia".

Ból, który z trudem potrafiła nazwać, ogarnął ją, gdy dygnęła, a on pochylił się nad jej dłonią.

Próbowała dalej się tłumaczyć. „Uważam, że ważne jest, abyśmy przynajmniej byli szczerzy co do naszych uczuć".

„Zgoda" – odparł, a potem zadał jej cios na pożegnanie. „Zasługuje pani również na szczerość wobec *samej siebie* co do tego, gdzie naprawdę leżą pani uczucia".

Po tych słowach odszedł z podniesioną głową, jakby wygrał rozdanie w karty, a nie zdeptał jej serce.

Po drugiej stronie ogrodu lady Amelia uniosła brew, jakby pytając, czy potrzebuje towarzystwa. Hannah potrząsnęła głową i podeszła do ławki przy południowym murze.

Słyszała powszechne powiedzenie, że czas leczy wszystkie rany, ale to będzie trwało wieki. Byłoby o wiele wygodniej, gdyby czas mógł przyspieszyć, aby nie czuła się tak okropnie.

Oczywiście, małżeństwo z Tullamore'em wcale nie byłoby udręką. Mogłoby być nawet znośne. Zaśmiała się z siebie, nazywając go Znośnym Tullamore'em. Jego posiadłości z pewnością były urocze. Miałby służbę, a ona nauczyłaby się zarządzać majątkiem w sposób, który by go zadowolił. Ale byłoby to życie bez pociechy i samotne, pozbawione miłości, której małżeństwo potrzebuje, by kwitnąć.

Państwo Alwyn byli tego dowodem, podobnie jak lady Amelia i jej mąż. Sama lady Amelia nie urodziła się w szlachcie, więc Hannah nie byłaby pierwszą kobietą z ludu, która wyszłaby za mąż powyżej swojej pozycji.

A jednak z czystym sumieniem Hannah nie mogła przyjąć jego oświadczyn. Złożył je w pośpiechu, aby chronić jej honor. Ledwie ją znał. Ich niezręczna rozmowa sprzed chwili tylko potwierdziła jej ocenę: tak, był honorowy i była to piękna cecha. Ale ani słowem nie wspomniał, że darzy ją jakimkolwiek poważaniem. Małżeństwo bez miłości byłoby równie zimne i nędzne, jak nadchodząca walijska zima.

Tęskniła za radością towarzystwa i miłością, która by

z niego wyrosła. Jak mogliby być towarzyszami, jeśli nie potrafili się nawzajem darzyć szacunkiem, a co dopiero rozwinąć ten szacunek w miłość?

To był naprawdę okropny bałagan i, gdy dotarła do niej rzeczywistość, zdała sobie sprawę, że sama go sobie zgotowała.

Kroki lady Amelii rozległy się na żwirze między ogrodowymi grządkami. Hannah szybko przetarła dłońmi policzki, by osuszyć łzy, które nagle się pojawiły.

„Och, moja droga" – powiedziała Amelia, wyciągając ramiona w geście uścisku. „Miałam nadzieję na lepszy wynik".

„Ja również" – przyznała Hannah, wtulając się w życzliwe ramiona swojej pracodawczyni.

„Niektórym z nich potrzeba nieco więcej czasu niż innym, żeby pójść po rozum do głowy. Daj temu czas".

„Wiem" – powiedziała – „ale czas płynie zbyt wolno".

„To prawda".

Kilka dni później, w nastroju równie mrocznym jak nisko wiszące na niebie chmury, nowy woźnica Patricka wiózł go ostatnie mile do miasta Holyhead. Nie potrzebował, aby woźnica przypominał mu, jak bardzo jest nieszczęśliwy, ale ten człowiek znajdował idealne momenty, by czynić uwagi na temat jego ponurego usposobienia.

Ludzie często mówią, że nieszczęście lubi towarzystwo, ale jeśli chodziło o Patricka, był on wdzięczny za samotność. Jego nieszczęście było egoistyczne i rosło w siłę z każdą przebytą milą.

Wkrótce będzie na statku. Za dzień dotrze do Dublina.

Dobrze.

Nigdy więcej nie chciał postawić stopy w północnej Walii, dopóki żyje.

Woźnica zatrzymał się na chwilę i ściągnął cugle. Co teraz, rozbójnik? Cóż, nie miał nic wartego kradzieży, więc rzezimieszek mógł obejść się smakiem.

Rozległo się pukanie do drzwiczek. To był woźnica. „Panie, proszę, przejedź tę ostatnią milę ze mną" – powiedział ze śpiewnym akcentem. „Krajobraz jest godny podziwu".

Patrick prychnął, wściekły, że ten dumny miejscowy próbuje go pocieszyć.

Znając swoje szczęście, w chwili, gdy usiądzie obok woźnicy, spadnie deszcz i będzie mógł naprawdę pogrążyć się w swoim niezadowoleniu.

Wspinając się na kozioł, rozejrzał się. Krajobraz obfitował w skaliste wychodnie, połacie zieleni i gęste zarośla znaczące granice pól i posiadłości. Na oceanie w oddali fale wieńczyła biała piana. Od czasu do czasu silny poryw wiatru smagał go po twarzy, przyginając krzewy na poboczu drogi. Sama droga była błotnista i dziurawa, podobnie jak większość wcześniejszej trasy.

„Panie, wiem, że nie powinienem się wtrącać" – odezwał się woźnica.

„Mów więc, po to mnie tu wyciągnąłeś".

„Z góry przeproszę, że mówię niepytany, ale muszę wyznać, co myślę".

„Mów więc i miejmy to z głowy". Im szybciej to się skończy, tym szybciej będzie mógł wrócić do powozu i pławić się w swoim kwaśnym nastroju.

„Kiedy po raz pierwszy spotkałem moją żonę, dała mi kosza".

Nie zamierzał połknąć haczyka. Wiedział doskonale, o co chodzi. Ale jak śmiał ten człowiek, który ledwo go znał, snuć takie przypuszczenia?

Wtedy go olśniło: wieść o tym, że dostał kosza, musiała się już rozejść.

Woźnica czekał dłuższą chwilę na odpowiedź, która nie nadeszła, i w końcu wzruszył ramionami. „W takim razie będę mówił za nas obu. Oświadczyłem się jej, a ona mi odmówiła. I było wielu ludzi, którzy o tym wiedzieli, a pod koniec dnia czułem się tak, jakby całe Caernarfonshire wiedziało o moich sprawach".

Patrick smętnie podniósł kołnierz, by osłonić się od wiatru, ale nie odpowiedział.

„Ale nikt nie wiedział" – ciągnął niezrażony woźnica – „nawet moja przyszła żona, co do niej czuję. Bo byłem zbyt tępy, żeby zauważyć, że jej o tym nie *powiedziałem*. Wiedziałem, że jest dla mnie jedyną, ale słowem się nie zdradziłem, a ona moich myśli nie czytała".

Patrick mruknął, ledwo nadążając za jego słowami.

Woźnica rzekł: „Słyszałem plotki, wiem, że gada się o tym, jak to pan oświadczył się Hannie Jones. I wstyd panu, że wszyscy wiedzą, że się pan oświadczył, a ona odmówiła. Ale czy w ogóle powiedział jej pan, co ma w sercu? Bo z tego, co słyszałem, wygląda na to, że pominął pan ten krok, a jest on bardzo ważny".

„Powinienem kazać cię wychłostać".

„Może mnie pan chłostać, ale to nie zmieni faktów. Przed nami jest miejsce do zawracania i to ostatnie, zanim dojedziemy do portu".

Powóz zjeżdżał teraz w dół, a w zasięgu wzroku pojawił się wierzchołek latarni morskiej w Holyhead.

Patrick zacisnął szczękę.

Woźnica najwyraźniej nie cenił swojego życia, bo mówił dalej. „Pańskie milczenie odczytuję jako znak, że nie powiedział jej pan, co czuje".

Prychając, Patrick odparł: „Nie sądziłem, że muszę".

„Cóż, panie, może i jest pan hrabią, ale jesteś też największym głupcem, jakiego w życiu spotkałem. Jeśli nie powiedziałeś jej, co czujesz, skąd miała o tym wiedzieć?"

„Bo jestem hrabią!"

Był pewien, że woźnica nazwał go pod nosem idiotą.

W kamiennym milczeniu zbliżali się do miejsca do zawracania, pełnego błota i kamieni, które wyglądało jak najgorsze miejsce do próby zawrócenia powozem.

„Ostatnia szansa" – powiedział woźnica.

„Zsiadaj" – rzekł Patrick.

„Słucham, panie?"

„Skończyłeś. Weź ten list i zanieś go na statek".

„Czy mogę zabrać mój sakwojaż z tyłu?"

„Śmiało" – wycedził Patrick.

Czekał w chłodnym wietrze, aż woźnica zabierze swoje rzeczy, a potem wróci, by stanąć przy koniach. Pożegnał się z każdym z nich, a następnie zapytał: „Czy będzie mnie pan jeszcze do czegoś potrzebował?"

„Skończyliśmy" – odparł Patrick.

Woźnica pomachał ręką i odwrócił się, ruszając drogą w kierunku portu.

Minęło może pół godziny, nim woźnica zniknął z pola widzenia. I kolejną sekundę dłużej zajęło rzeczywistości, by z hukiem spaść na duszę Patricka.

Mógłby sam siebie wychłostać za to, że był tak niewiarygodnie tępy.

Kiedy lady Mary „ostrzegała go przed" panną Jones, mówiąc mu, by się nie przywiązywał, nie było to dlatego, że dama próbowała igrać z jego uczuciami, ani dlatego, że uważała pannę Jones za niewystarczająco dobrą dla niego.

A tak właśnie wtedy pomyślał.

Nie, stało się tak dlatego, że panna Jones była tak cenna i ważna dla Rosstrevor Hall. Prawda uderzyła w niego z siłą tony cegieł, gdy w końcu zrozumiał, że to on nie jest jej godzien!

Pogonił konie i ruszył w stronę portu, gdzie miał nadzieję dostrzec swojego woźnicę. Znalazł go i przeprosił wylewnie, a potem dał mu dodatkową koronę, by pokazać, jak bardzo mu przykro.

Słońce chyliło się ku horyzontowi, gdy woźnica wspiął się z powrotem na swoje miejsce, a Patrick usiadł obok niego, plecami do miasta Holyhead.

Lekkim ruchem nadgarstków i z uśmiechem na twarzy woźnica popędził konie. „Zapada noc, nim dotrzemy do przeprawy” – powiedział. „Nikt pana nie przeprawi po ciemku, to zbyt niebezpieczne”.

Patrick z frustracją przetarł dłonią czoło. Woźnica miał absolutną rację. Będzie musiał poczekać z przeprawą do rana, ale przynajmniej zmierzał teraz we właściwym kierunku.

Był takim tumanem. Zrobił z siebie skończonego głupca, ale z tym mógł żyć. Gdyby jednak zrujnował swoje szanse z panną Jones, wątpił, czy mógłby z tym żyć.

Gdy tylko ją zobaczy, powie jej, co czuje. Sam jeszcze nie wiedział, co tak naprawdę do niej czuje, ponieważ słowa jeszcze się nie pojawiły. Prześpi się z tym i będzie miał nadzieję, że rano znajdzie odpowiednie słowa.

Chociaż brakowało mu słów, uczucia już tam były, a te uczucia pokazywały mu, że nie wyobraża sobie spędzenia reszty życia bez panny Jones u swego boku.

Gdy jej to powie, decyzja o odwzajemnieniu tych uczuć będzie należała do niej.

Jeśli odrzuci go ponownie, będzie musiał po prostu żyć ze swoją głupotą. Ale przynajmniej ona będzie wiedziała. I on również.

Dlaczego zajęło mu tak dużo czasu, by to zrozumieć?

ROZDZIAŁ 10

Hannah musiała sobie ciągle powtarzać, że postąpiła słusznie. Nie było w porządku próbować usidlić hrabiego. Właśnie to zamierzała na początku i było to złe. A zakład, że się w niej zakocha? W tamtej chwili wydawało się to ekscytujące i porywające, ale to również było złe.

Dobrze zrobiła, dając mu wolność. Gdyby żywił do niej prawdziwe uczucia, a nie tylko poczucie obowiązku, powiedziałby jej o tym. On naprawdę starał się postąpić słusznie. Cieszyła się, że ona również postąpiła słusznie i uwolniła go od jego zobowiązań.

Więc dlaczego postąpienie słusznie było tak cholernie okropne?

Państwo Alwynowie okazali jej współczucie i pozwolili usiąść w ciszy, podczas gdy ona szczotkowała daniele, które stały stłoczone w stajni, jakby były małymi końmi. Musiała uważać na poroża dorosłych samców, bo trochę ją przerażały. Pani Alwyn była wdzięczna za jej pomoc. „Lloyd powiedział mi, że nie wolno mi już się tam wspinać tak jak kiedyś".

Hannah zmarszczyła brwi, zdezorientowana.

Pani Alwyn potarła swój brzuch i Hannah wszystko zrozumiała.

„Gratuluję!" – zdołała wydusić przez zaschnięte gardło. Zazdrość potrafiła płatać dziwne figle, i to nigdy w dogodnym momencie. „Cieszę się waszym szczęściem. To cudownie". Wypłacze się później, gdy nikogo nie będzie w pobliżu.

„Do niedawna nie byliśmy pewni i jak na razie powiedzieliśmy tylko ich lordowskim mościom".

Hannah kiwnęła głową ze zrozumieniem. Skończyła swoje obowiązki w stajni i gdy tylko mogła, wyszła na spacer. Długi spacer wzdłuż Menai, by oczyścić umysł i pogrążyć się w smutku i żalu po straconych szansach.

Ale przecież postąpiłam słusznie – zawodziła w duchu.

Niebo miało dziś siłę tylko na mgłę. Wirowała wokół, pokrywając jej rękawy drobnymi perełkami wilgoci. Pasowało to do jej zmieszanego nastroju; nic konkretnego się nie działo. Wody pędziły obok, gdy pływy z północy i południa walczyły ze sobą. Im szybciej zbudują most nad tą niebezpieczną przeprawą, tym lepiej.

Mgła zasłaniała ścieżkę przed nią. Hannah starała się nie doszukiwać w tym głębszego znaczenia, ponieważ o tej porze roku mgła była czymś zwyczajnym.

Niedługo potem dotarła do niewielkich gospodarstw na obrzeżach Bangor. Jakiś mężczyzna zaczął iść drogą w jej kierunku. Wyglądał jak lord Tullamore, ale to dlatego, że tak bardzo wypełniał jej myśli, że każda męska postać go przypominała.

Ominęła następny krok i prawie upadła. Sięgnęła po słupek ogrodzenia, by odzyskać równowagę.

To *był* lord Tullamore!

Musiał jeszcze nie przeprawić się przez cieśninę, co sprawiło, że jej serce podskoczyło z radości.

W tym momencie podniósł wzrok i on również znieruchomiał.

Trwało to wieczność, a zarazem pół sekundy, gdy chłonęła jego widok. On miał trudniej, idąc pod górę. Upewniwszy się, że to naprawdę on, poszła za głosem serca i podeszła bliżej, a jej puls przyśpieszył. Istniała szansa, że po prostu spacerował po Bangor, ponieważ niekorzystne pływy opóźniły przeprawy.

„Przepraszam" – powiedziała, podbiegając do niego. W tej samej chwili on ruszył ku niej, a na jego twarzy malowała się nadzieja. „Tak się cieszę, że jeszcze nie wyjechałeś".

„Wróciłem" – odparł, a jego rzęsy były posklejane i wilgotne od mgły.

Jej serce prawie nie mogło tego znieść. Słowa nie chciały się poprawnie ułożyć. Wrócił?

„Nigdy nie powiedziałem ci o moich uczuciach i to była moja wina" – rzekł, zanim zdołała wymyślić cokolwiek sensownego. W tym tempie nigdy by jej się to nie udało, gdyż cały rozsądek ją opuścił i po prostu wpatrywała się w jego piękną twarz.

Był tutaj, tuż przed nią.

„Tak naprawdę sam siebie nie znam" – kontynuował. „Jestem jednak pewien, że nie mogę przeżyć reszty życia bez ciebie. Mam szczerą nadzieję, że to jest właśnie definicja miłości, ponieważ nigdy wcześniej jej nie czułem".

„Czuję to samo. Miałam nadzieję, że to uczucie minie, ale nie chciało".

„To raczej okropne" – powiedział z czymś na kształt śmiechu.

„Prawda?" – ochoczo zgodziła się Hannah. Kosmyk

włosów opadł mu na oko, a tym razem podniosła dłoń do jego twarzy i odgarnęła go. Jej serce wezbrało. „Przez to byłam niemiła dla wszystkich i miałam ochotę coś zniszczyć".

„Kazałem woźnicy zostawić mnie w spokoju".

„Wszystko zepsułam" – wyznała. „Zaraz, odesłałeś woźnicę przodem z Bangor?".

„Niezupełnie. Dotarliśmy aż do Holyhead i tam go odesłałem. Potem zawróciłem konie i wróciłem. Przeprawiłem się z powrotem do Bangor dziś skoro świt, zanim pływy przybrały na sile".

Dzięki Bogu, że bezpiecznie dotarł na tę stronę cieśniny.

„Nawarzyłam bigosu" – wyznała.

Ujął jej twarz niezwykle delikatnie i pocałował ją. Ciepło rozlało się po całym jej ciele na tę czułość.

Kiedy się odsunął, powiedział: „Wydaje mi się, że ja nawarzyłem więcej, przyznaj mi chociaż to".

„Tak, mój panie".

„Mów mi Patrick".

Pochyliła się i pocałowała go. Wirująca wokół nich mgła nie była w stanie ostudzić ich entuzjazmu. Był to wspaniały pocałunek, pełen obietnicy i miłości, odnalezienia prawdziwego towarzysza na resztę życia.

Zaśmiali się ze swojej wspólnej zdolności do robienia takiego bałaganu.

Po chwili spędzonej razem we mgle, Hannah powiedziała: „Proszę, mów mi Hannah, kiedy tylko zechcesz".

„Hannah, moja miłości" – powiedział, a jego słowa sprawiły, że jej ciało przeszyła fala gorąca. „Powiedz mi, z kim muszę rozmawiać o twoją rękę?".

„Chyba z lordem Caernarfonshire?".

Wrócili powoli do Rosstrevor Hall, zatrzymując się po drodze, by wymienić kilka pocałunków. Ich ociągające się tempo dało mgle wystarczająco dużo czasu, by zebrała się na ich ubraniach, w końcu przemaczając je do tego stopnia, że wyglądali na przemokniętych i potarganych.

„Czy lady Amelia będzie zła, że straci swoją towarzyszkę?".

„Możliwe, chociaż przez większość czasu nie byłam potrzebna. Dawała mi o wiele za dużo swobody".

Kuchnia w Rosstrevor Hall była przytulna i ciepła, gdy suszyli się przy piecach.

EPILOG

22 GRUDNIA 1817 ROKU

Poranek był mroźny, ale szybko bijące serce Patricka rozgrzewało go. Zgodnie z jego przewidywaniami wdowa i matka Patricka, która zdążyła przybyć na czas z Irlandii, świetnie się dogadywały, psotnie przy tym spiskując. Wiedział, że w nadchodzących latach z radością będą konspirować, by zaaranżować kolejne małżeństwa. Jeśli matka będzie miała zajęcie, nie znajdzie czasu, by wtrącać się w życie jego czy jego nowej żony. Pomyślny obrót spraw pod każdym względem.

Cóż, niech się bawią. On był zachwycony, że sam doprowadził do tego małżeństwa. Wmawiał sobie nawet, że osiągnął to bez absolutnie niczyjej ingerencji.

Na widok panny młodej idącej do ołtarza pod ramię z lordem Caernarfonshire ścisnęło go w gardle, a w oku zakręciła mu się łza. Nie dbał o to, że pociągnął nosem ze wzruszenia; ta chwila była tak radosna, że miał ochotę rzucić się ku niej.

Na szczęście u jego boku stał pan Alwyn, podtrzymując go, aby ceremonia mogła przebiec bez zakłóceń.

Hannah szła do ołtarza jak we śnie. Sarah i Anne kroczyły przodem, obsypując posadzkę pierwiosnkami, ziołami, a nawet odrobiną ostrokrzewu. Niewiele roślin kwitło o tej porze roku, ale Hannah nie chciała czekać do wiosny.

Ceremonia minęła w zamglonym szczęściu i miłości, gdy Patrick wsunął na jej palec ślubny pierścień rodu Tullamore. Żaden cudowny promień słońca nie przebił się przez kościelne okna, ale światło i tak biło z twarzy jej męża.

Ich pierwszy małżeński pocałunek był delikatny i słodki, i skończył się o wiele za szybko. Byli świadomi obecności gości. Możliwość kontynuowania ich relacji bez publiczności będzie przywilejem.

Lady Mary wydała dla nich wspaniałe śniadanie weselne, a potem, gdy już mieli odjeżdżać, jej mąż miał dla niej kolejną niespodziankę.

Był to jego powóz, naprawiony po spotkaniu z tą niebezpieczną drogą.

„Jestem zaskoczona, że opłacało się go naprawiać", wysapała Hannah. Miał tak wiele nowych części, że przypominał jej „ulubioną siekierę dziadka, która miała cztery nowe trzonki i dwa nowe ostrza".

Patrick obdarzył ją kolejnym szybkim pocałunkiem. „Będzie mi przypominał o strasznym wypadku, który doprowadził mnie do największego szczęścia".

Weszli do powozu, który wypełniono dodatkowymi kocami i gorącymi kamieniami do ogrzania stóp. Machali przez okno, aż Rosstrevor Hall zniknęło im z oczu.

„Mój Boże", powiedziała Hannah z westchnieniem. „Nareszcie sami!"

Patrick przytulił się do niej i otulił ich oboje kocem. „Cóż poczniemy?"

„Moglibyśmy porozmawiać o naszych uczuciach?", droczyła się Hannah. „Ale chyba nie masz ochoty rozmawiać, prawda?"

„Naprawdę dobrze mnie rozgryzłaś", zaśmiał się. „I *powiem* ci o moich uczuciach. Czuję się wielkim szczęściarzem i czuję, że jestem bardzo zakochany".

Pocałował ją z czułością i troską, miłością i namiętnością. Odwzajemniła pocałunek całym sercem.

„Ja też to czuję", powiedziała.

UWAGA OD AUTORA

Drodzy Czytelnicy,

mam nadzieję, że cudownie spędziliście czas z Hannah i Patrickiem, towarzysząc im w drodze do szczęśliwego zakończenia. Podczas zbierania materiałów do tej historii dałam się wciągnąć bez reszty w lekturę raportów z czasów, nim most Telforda znacznie ułatwił podróż. Droga prowadząca do mostu była w szokująco złym stanie, a mimo to stanowiła główne połączenie między Dublinem a Londynem.

Według raportu z rozdziału 1. dotyczącego fatalnego stanu drogi na odcinku w Północnej Walii, łączącej Londyn z Holyhead, naprawa wymagała kwoty 46 540 funtów, 18 szylingów i 7 pensów. To około 3,5 miliona funtów w 2025 roku, co i tak nie wydaje się wystarczającą sumą, biorąc pod uwagę, jak bardzo wzrosły koszty budownictwa z powodu inflacji. Nawiasem mówiąc, kwota ta nie obejmowała materiałów ani robocizny przy budowie mostu.

Droga do Holyhead

Akt Unii z 1800 roku, który zjednoczył Wielką Brytanię i Irlandię, zrodził potrzebę poprawy szlaków komunikacyjnych między Londynem a Dublinem. The Holyhead Roads Act z 1815 roku upoważniał do wykupu istniejących udziałów w drogach płatnych oraz, w razie potrzeby, do budowy nowej drogi w celu ukończenia trasy między dwiema stolicami. Był to pierwszy od czasów rzymskich duży cywilny projekt budowy dróg finansowany przez państwo w Wielkiej Brytanii. Odpowiedzialność za wytyczenie nowej trasy powierzono słynnemu inżynierowi, Thomasowi Telfordowi.

W Północnej Walii Telford w wielu miejscach podążał istniejącymi drogami, ale zbudował również nowe połączenia, w tym most wiszący Menai, łączący stały ląd z Anglesey, oraz groblę Stanley Embankment do Holyhead na Holy Island.

Droga Telforda została ukończona wraz z otwarciem mostu wiszącego Menai w 1826 roku.

Więcej informacji tutaj:

RELACJE Z PIERWSZEJ RĘKI

Tym, co głęboko uwielbiam w historii, jest czytanie bezpośrednich relacji o tym, jak żyli ludzie. Natknęłam się na skarbnicę komentarzy podróżników tutaj: https://sublimewa les.wordpress.com/places/holyhead-and-the-irish-sea/, które mnie zarówno zafascynowały, jak i przeraziły. Niektórzy spędzili wspaniały czas i opowiadali wszystkim wokół o swoim szczęściu. Inni narzekali przez całą drogę i chcieli się wyładować, tak jak robią to dziś ludzie, zostawiając negatywne opinie na Tripadvisorze.

Oto niektóre z moich ulubionych relacji podróżników z tamtych czasów:

1810

„Zajazd w Bangor Ferry stoi samotnie i jest zachwycająco

położony na stromym brzegu rzeki, która oddziela Carnarvonshire od wyspy Anglesea.

Jest to zajazd nader znakomity, a z powodu dobrych kwater i przyjemnego położenia jest on o wiele za mały dla licznych gości, z których wielu to osoby wysokiego stanu podróżujące do i z Irlandii z wielkim orszakiem sług, toteż zaleca się osobom zamierzającym nocować w Bangor Ferry, aby przybyły jak najwcześniej w ciągu dnia w celu zapewnienia sobie kwaterunku, gdyż w pobliżu nie ma innego zajazdu; albowiem przy całej chęci dbania o wygodę gości, co od dawna cechuje właściciela tego domu, nie może on przyjąć więcej osób, niż jego posiadłość pomieści, czego podróżni w gniewie spowodowanym niecierpliwością i rozczarowaniem nie zawsze są skłonni należycie zrozumieć.

Od strony ogrodu dom roztacza najurokliwszy widok na rzekę i lesistą scenerię, z której słynie ta okolica, a ścieżka zręcznie poprowadzona przez krzewy prowadzi na brzeg rzeki, gdzie zawsze oczekują łódź dla pasażerów i druga dla powozów i koni. Opłata za przeprawę każdej osoby wynosi jednego szylinga, a za powóz – dwa szylingi i sześć pensów od każdego koła. Jako że powozy umieszcza się na łodzi bez zdejmowania kół czy bagażu, traci się bardzo mało czasu, a ten spędzony na przeprawie przez rzekę rzadko przekracza kilka minut, co ze względu na niezwykłe piękno scenerii jest zazwyczaj powodem do żalu dla pasażerów, że nie trwa to dłużej.

Dla wygody osób udających się do Holyhead, na przeciwnym brzegu znajduje się rozległy kompleks stajni i innych budynków gospodarczych należących do właściciela zajazdu, a gdy konie lub powozy mają być gotowe, polecenie wydaje się przez dużą tubę do mówienia.

...

Następnym i ostatnim miejscem przed przeprawą do Dublina jest HOLYHEAD, które jest biednym, nędznym miasteczkiem w ponurej okolicy, z bardzo złym i brudnym portem. Znajduje się tu dobry zajazd prowadzony przez Spencera, w którym gościom odwiedzającym to miejsce poświęca się tyle uwagi, ile można oczekiwać w miejscu podlegającym tak nieustannemu zgiełkowi, jaki musi towarzyszyć ciągłym przyjazdom i wyjazdom tak wielkiej liczby rodzin i osób podróżujących do i z Irlandii.

Towarzystwo, gościnność i przyjaźń, które potrafią nadać uroku najposępniejszej scenerii i sprawić, że nawet jałowa pustynia się uśmiechnie, tutaj odnalazłem w pełnej krasie dzięki uprzejmej, szczodrej i dżentelmeńskiej trosce kapitana Skinnera, który mieszka w Holyhead i dowodzi jednym z paketbotów (Dublin).

Jako że cokolwiek bym rzekł o kapitanie Skinnerze, nie mogłoby to podnieść stopnia szacunku, jakim darzą go ci, którzy go znają, ani dać odpowiedniego wyobrażenia o jego zasługach tym, którzy tej przyjemności nie mają, nie będę próbował go chwalić.

Paketboty odpływają każdego dnia po kolei, w ciągu godziny od przybycia poczty z Londynu, która zazwyczaj dociera około drugiej po południu, i wiele osób, zmęczonych podróżą, które chciałyby przenocować w Gwyndy, często z braku informacji o godzinie odpłynięcia paketbotów, śpieszy się niepotrzebnie do Holyhead wieczorem.

Statki, które są wyposażone ze szczególną dbałością o wygodę pasażerów, z osobnymi kajutami dla dam, uważa się za tak bezpieczne, ze względu na ich konstrukcję, staranność w doborze kapitanów oraz obsadzenie doświadczonymi marynarzami, jak żadne inne statki pływające po morzu.

Oferują one również dobre kwatery w niższej cenie dla osób o różnym statusie materialnym, a także wystarczająco dużo miejsca na bezpieczny transport koni i powozów.

Jefferys, Nathaniel, *An Englishman's Descriptive Account of Dublin, and the Road from Bangor Ferry to Holyhead ...* (Londyn, 1810), s. 19-34

1811

Chemik Humphry Davy (1778-1829) podróżował do Irlandii i pisał o swojej podróży przez Walię do pani Apreece.

„Holyhead, 14 października 1811 r.

Dwa pierwsze dni naszej podróży przez Walię były deszczowe i burzowe, ale wspaniałą scenerią między Llanroost [Llanrwst] a Bangor cieszyliśmy się w słońcu. Rzeki były pełne wody, strumyki stały się potokami, a wodospady na rzekach Conway i Lugwy były najwspanialszymi przykładami górskich kaskad, jakie widziałem. Lugwy była tak pełna wody jak Wye w te cudowne dni, kiedy żeglowaliśmy do Monmouth. Wodospad ma prawie dwieście stóp wysokości, z czego co najmniej sześćdziesiąt stóp to pionowy spadek. Skały, po których spływa rzeka, tworzą wspaniałe masywy, dolinę porastają dęby, cisy i jodły, a podszyt jest fioletowy od wrzosów lub brązowy od uschniętych paproci. Snowdon wznosił się ponad, zasłonięty chmurami, z których, jak można było sobie wyobrazić, potok brał swój początek, i ginął w chmurach piany poniżej wodospadu. Wieczorem, przejeżdżając obok Capel Carrig, zobaczyliśmy Snowdon wznoszący się ponad chmurami najczystszej bieli, a część góry skrywała się w jaskrawo pomarańczowych obłokach. Nic nie mogło przewyższyć wzniosłości tej sceny".

1812

28.7.1812 Holyhead

„Spodziewałem się, że to wielkie centrum komunikacji między siostrzanymi krajami będzie wesołym, ludnym, nadmorskim miastem, pełnym rozrywek i strawy dla obserwacji. (...) Wielkie zatem było nasze rozczarowanie, gdy zamiast Brighton czy Ramsgate, wjechaliśmy do miasteczka bardziej nędznego niż jakiekolwiek, które dotąd widzieliśmy. Ponura mgła, która padała nieustannie, potęgowała jego smętny wygląd, a my wysiedliśmy w zajeździe zatłoczonym przez mężczyzn w płaszczach i owerolach. (...) Właściciel poinformował nas, że każdy pokój i korytarz w jego domu jest przepełniony ponad miarę. Nic nie mogło być bardziej oczywiste, więc zmuszeni byliśmy zająć miejsce na schodach z perspektywą na pierwszy wolny pokój, gdy paketbot odpłynie, co miało nastąpić dopiero późnym wieczorem. Po trzech czy czterech godzinach błąkania się, na szczęście natknęliśmy się na starego kolegę ze szkoły w Harrow, który właśnie miał zasiąść do obiadu z grupą sześciu czy siedmiu innych osób.

Hammond, William Osmund, Journal of a Tour in Wales and Ireland, NLW, 24023A, ff. 87-92

1813

Ta obszerna relacja o Holyhead powstała na podstawie jednodniowej wizyty oraz informacji

zaczerpniętych z opublikowanych źródeł i opowieści miejscowych.

Po drodze minęliśmy kaplicę metodystów, która była nie tylko wypchana po brzegi w środku, ale także otoczona tłumem mężczyzn i kobiet siedzących na zewnątrz, poza zasięgiem wzroku i słuchu kaznodziei, lecz sądząc po rozpaczliwym wyrazie ich twarzy, najwyraźniej komunikujących się z nim za pomocą jakiegoś mistycznego połączenia. Należeli do sekty anabaptystów, zwanych potocznie nurkami. Zauważyłem kilka bardzo ładnych twarzy wśród kobiet, lecz z wyrazem nader niestosownego i nienaturalnego smutku, który rycerz z prawdziwego zdarzenia bez wątpienia pomściłby, natychmiast poświęcając nieszczęśnika, który, zasiadając w swej balii jako tłumacz łaski dla swego zatroskanego zgromadzenia, miał tylko moc odesłać ich z ciężkimi sercami i ponurymi minami.

Po przybyciu do Holyhead zastaliśmy nędzne kwatery w dużym, brudnym i źle zaopatrzonym zajeździe, co było znacznie mniej dokuczliwe dla naszych zaprawionych w bojach i stępiałych uczuć w takich sprawach, niż musi być dla zmęczonych i cierpiących na chorobę morską pasażerów z Irlandii. Ludzie są tu zwykle na łasce ścisłej punktualności dyliżansu lub paketbotu; a zatem, jeśli mają czas na skargę, nie mają go, by czekać na zadośćuczynienie; a jeśli nie cierpią w milczeniu, to mamroczą na próżno. (...) Położenie Holyhead jest wyjątkowo ponure i pozbawione wygód.

...

Dzieci oddaliły się od domu, by się bawić, i wdrapały się do małego wozu stojącego w pobliżu wschodniego krańca wyspy, który gwałtownie opada ku krawędzi klifu. Poprzez swawole wprawiły wóz w ruch, a wtedy, pod wpływem jakiegoś nagłego i dziwnego impulsu, gdyż nie były przestraszone ani świadome niebezpieczeństwa, wszystkie wyskoczyły i uciekły tuż przed tym, jak wóz stoczył się z klifu i roztrzaskał na drobne kawałki. Od tamtej pory wzdłuż krawędzi urwiska na tym krańcu wyspy zbudowano mur, ale każda inna jego strona jest niezabezpieczona i wciąż jest to bardzo niebezpieczne miejsce zabaw dla dzieci.

Ayton, Richard, *A Voyage Round Great-Britain, Undertaken in the Summer of 1813 … with a Series of Views … by William Daniell*, t. 1 (Londyn, 1814), s. 195-211

1813

13 lipca [1813] opuściłem Tavistock Row i udałem się do Dublina powozem podróżnym w towarzystwie pani Horrebow, pana Addisona i Henry'ego Horrebow.

Podróżowałem powoli i krótkimi etapami (wciąż bardzo schorowany) i siódmego dnia dotarłem do Holyhead, gdzie zatrzymałem się w Stanley Arms, prowadzonym przez pana Spensera, od którego, jak i od jego rodziny, doznałem największej możliwej uwagi. Pozostałem w jego domu przez dziewięć tygodni, gdyż nie byłem w stanie przeprawić się przez morze, nie ryzykując, jak mi powiedziano, życia.

Gdy tam byłem, mały człowieczek, mój wielki sprzymierzeniec, odwiedzał mnie każdego ranka. Swoją osobą potwierdzał stare porzekadło, że każdy ma swój gust. Ten pocieszny mały człowieczek, nazywany przez mieszkańców Holyhead „Billym-w-misce", choć karzeł, który stracił obie nogi, a raczej nigdy ich nie miał, czołgał się, dosłownie siedząc w misce; a jednak, mimo swych ułomności, podbił serce pięknej Walijki, która chciała go na dobre i na złe. Jej ojciec, bogaty farmer, ofiarował jej pokaźny posag oraz młodego i przystojnego męża; ale nie! Ona chciała Billy'ego-w-misce. Urodziła mu dwóch dorodnych chłopców i, jak mi powiedziano, nawet teraz jest o niego bardzo zazdrosna.

25 sierpnia, odzyskawszy nieco zdrowie, choć wciąż nękany podagrą i niezdolny do podróży morskiej, opuściłem Holyhead, udając się do posiadłości hrabiego Guilforda, Wroxton Abbey [koło Banbury].

Przeprawiliśmy się przez Bangor Ferry, a ja wysłałem Henry'ego Horrebow po konie do Jacksona; te, które przywiozły nas z Gwyndee [Gwindy], zostawiliśmy po drugiej stronie przeprawy. Byłem jeszcze sam na plaży, w powozie, nie mogąc się ruszyć z powodu podagry. Przypływ gwałtownie wzbierał; nie było widać żywej duszy, która mogłaby mnie wydostać z, jak mi się zdawało, niebezpiecznej sytuacji, gdyż z każdą chwilą spodziewałem się, że powóz uniesie się na wodzie i zostanie porwany przez prąd. Wreszcie, dzięki przybyciu koni, zostałem uwolniony od moich obaw i ruszyłem w drogę do Auber [Aber], około ośmiu mil od Bangor, gdzie zjadłem obiad i przenocowałem w The Bull, uroczym walijskim zajeździe – kwaterunek był doskonały, a położenie spokojne i malownicze.

Kelly, Michael, *Reminiscences of Michael Kelly of the King's Theatre and Theatre Royal Drury Lane*, t. 2, (Londyn, 1826), s. 278-281

1816

W Gwyndu, zajeździe dwanaście mil od Holyhead, ponurym miejscu, siedlisku zdzierstwa. Na szczęście nasz pobyt był krótki; paketbot był gotów do rejsu w trzy godziny po naszym przybyciu; oczywiście zaokrętowaliśmy się z przyjemnością i po około dwudziestu dwóch godzinach przyjemnej żeglugi dotarliśmy do Zatoki Dublińskiej.

Stringer, Thomas, Irish Extracts ... *The European Magazine, and London Review*, Tom 70, listopad 1816, s. 393-394

1818

To miasto [Holyhead] znacznie się rozrosło, odkąd widziałem je w 1794 roku.

Ludzie są odrobinę lepiej ubrani; [strój] materiały są lepsze, bez fryzu – mężczyźni są lepiej odziani niż damy. Spotkaliśmy kilka dam, starych i młodych, jadących na targ na swoich kucykach w siodłach bocznych. Ostatniego wieczoru spotkaliśmy matkę i córkę z jednym kucykiem, na którym jechały na zmianę. Chłopstwo nie jest lepsze od naszego, równie brudne – nie tak urodziwe – wyglądające na leniwe. Złe domy itd.; wiele kobiet nosi męski kapelusz filcowy z czarną wstążką. Miasta, przez które przejeżdżaliśmy, były bardzo złe, z wyjątkiem Oswestry i Bangor, oba dobrze prosperujące.

Anonim [z Irlandii], Copies of letters of a tour, apparently on business, by a native of Dublin
NLS MS 2795 George Nielson collection, k. 74

1818

Los chciał, że kilkakrotnie przeprawiałem się przez kanał, i mam niemal nadzieję, że teraz przeprawiłem się po raz ostatni. Mimo że to środek lata, wiał istny huragan; takie bowiem jest moje szczęście, że ledwie wypłynę na morze, zrywa się sztorm, jakby na złość. Nie jestem, jak dawno zrozumiałem, wędrownym Eneaszem, lecz wybrańcem losu.

Wiatr początkowo był pomyślny i, jak mawiają, że Szatan czyni ze swymi wyznawcami, zwabił nas na głębię, a potem odwrócił się do nas plecami. Halsowaliśmy, śmiem twierdzić, ze sto razy, a przez trzydzieści godzin nasz mały statek był miotany w nieustannym wzburzeniu. Nigdy nie pamiętam, bym był świadkiem tylu chorób morskich, a widok ten wystarczył, by na zawsze zohydzić morze... niewyrażalne uczucie grozy tkwiło w tej myśli, a niezadowolenie, choroba i wszelkie uczucia duszy zniknęły w obliczu instynktownego lęku natury przed nagłą i gwałtowną śmiercią.

Gamble, John, *Views of society and manners in the north of Ireland in a series of letters written in the year 1818*, **(Londyn, Longman, 1819), s. 58-59**

1818-1819

Wylądowaliśmy wczesnym rankiem w Holyhead. Miasteczko jest małe i najwyraźniej w stanie rozkładu. Jego położenie jest przyjemne, u szczytu małej zatoki, ale jego wyspiarskie położenie i brak handlu uniemożliwiają jakikolwiek wzrost; a niewielkie korzyści płynące z irlandzkich paketbotów wydają się ledwie wystarczające, by je utrzymać. Zauważyłem w mieście małą szkołę narodową. Po zjedzeniu śniadania w zajeździe i zapłaceniu co najmniej pół tuzina opłat stewardom i podstewardom, tragarzom, celnikom i służbie, zająłem miejsce w dyliżansie do Chester z trzema pasażerami w środku – kapitanem P. i dwiema damami –

którzy wszyscy okazali się przyjemnymi i wytwornymi osobami.

Griscom, John, A Year in Europe, Comprising a Journal of Observations in England, Scotland, Ireland, France, Switzerland, the North of Italy, and Holland in 1818 and 1819, Tom 2, (Nowy Jork, 1823), s. 488-489

O AUTORZE

Ebony pochodzi z Melbourne w Australii i pracowała jako dziennikarka dla kilku lokalnych gazet w tym mieście. Następnie spróbowała swoich sił w pisaniu powieści romantycznych i nigdy nie żałowała tej decyzji. Wyszła za mąż za Walijczyka i razem wychowujecie syna w Melbourne, gdzie jednego dnia może być nieznośnie gorąco, a następnego lać deszcz.

Ebony Oaten kocha historię, ale nie przepada za jej przeżywaniem na nowo.

Jest autorką wielu uroczych historycznych powieści romantycznych i cieszy się, że tłumaczenia na różne języki docierają do nowych odbiorców.

Wraz ze współautorką Catherine Bilson stworzyła serię Księgarniane Piękności, która zachwyca czytelników na całym świecie.

 facebook.com/EbonyOaten

KSIĘGARNIANE PIĘKNOŚCI

Gorący Wielbiciel Estelle

Wesoły Dżentelmen Marii

Świąteczny Bohater Louise

Przystojny Doktor Bernadette

Chętna wdowa po Matthew